コスモグラフィア

コスモグラフィア

梦的宇宙志

[日] 涩泽龙彦 著

蕾 克 译

GUANGXI NORMAL UNIVERSITY PRESS

广西师范大学出版社

· 桂林 ·

梦的宇宙志
MENG DE YUZHOUZHI

夢の宇宙誌 〔新装版〕
YUME NO UCHUUSHI by Tatsuhiko Shibusawa
Copyright © 2006 Ryuko Shibusawa
All rights reserved.
First published in Japan in 2006 by KAWADE
SHOBO SHINSHA Ltd. Publishers
Simplified Chinese translation rights arranged with KAWADE
SHOBO SHINSHA Ltd. Publishers through CREEK & RIVER Co.,
Ltd. and CREEK & RIVER SHANGHAI Co., Ltd.
著作权合同登记号桂图登字：20-2016-373 号

图书在版编目（CIP）数据

梦的宇宙志 /（日）涩泽龙彦著 ; 蕾克译. 一桂林：
广西师范大学出版社，2019.10（2023.1 重印）
ISBN 978-7-5598-1763-1

Ⅰ. ①梦… Ⅱ. ①涩…②蕾… Ⅲ. ①随笔—作品集—
日本—现代 Ⅳ. ①I313.65

中国版本图书馆 CIP 数据核字（2019）第 083315 号

广西师范大学出版社出版发行
（广西桂林市五里店路 9 号　邮政编码：541004）
　网址：http://www.bbtpress.com
出版人：黄轩庄
全国新华书店经销
北京盛通印刷股份有限公司印刷
（北京经济技术开发区经海三路 18 号　邮政编码：100176）
开本：787 mm × 1 092 mm　1/32
印张：8　　　　字数：110 千字
2019 年 10 月第 1 版　　2023 年 1 月第 6 次印刷
定价：54.00 元

如发现印装质量问题，影响阅读，请与出版社发行部门联系调换。

谨将此书献给我辈魔道先达——稻垣足穗。

玩具篇

天 使 篇

关于雌雄双性体

补述——
关于球体 192

141

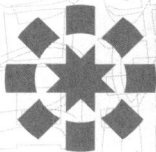

195

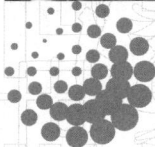

补述——
关于中世纪的情色主义
230

关于世界末日

玩具について

玩具について

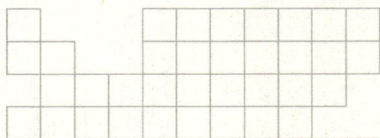

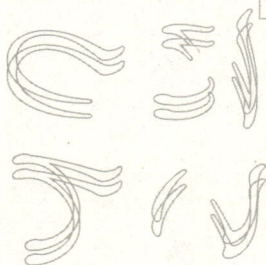

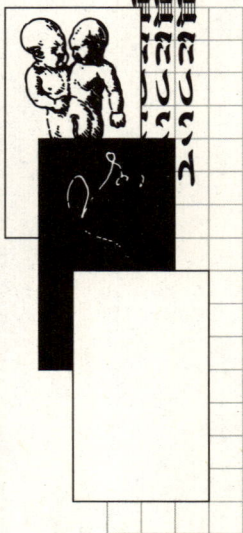

玩具篇

玩具について

てててそて
いいいっい
ついにっい
具具玩っ
玩玩玩元

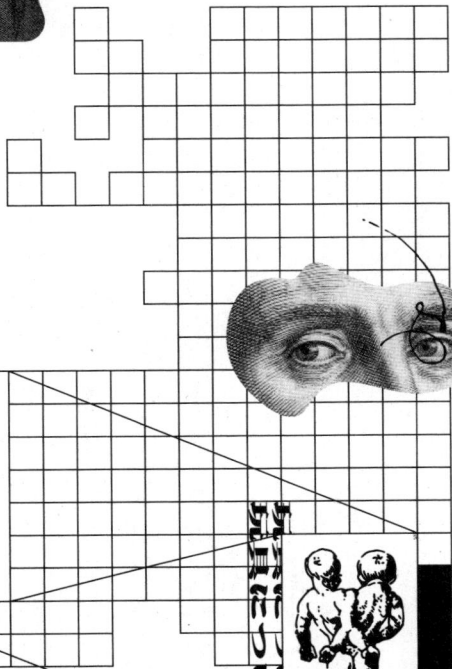

"可是，创造这样一个'人'，"陷入沉思的埃瓦德爵士小声说，"我觉得是在……挑战神。"

"所以，那要看你的抉择了。"爱迪生压低声音，非常干脆地答道。

——维利耶·德·利尔 - 亚当 (Villiers de l'Isle-Adam)
《未来的夏娃》(L'Ève future)

——维利耶·德·利尔 - 亚当 (Villiers de l'Isle-Adam)
《未来的夏娃》(L'Ève future)

像机关人偶（automata）、装置复杂的钟表、喷泉、烟花、八音盒、吓人玩具盒子、旋转全景画等，这类介于机械和玩具之间的没有实用性的精巧装置，似乎有种力量，它们隐约背叛了这个社会本应正常运作的生产秩序，将人诱入一种不可思议的欺瞒的快乐里。它们带给人们的，不是艺术性的感动，没有那么主流，明显是其他的什么，更像是一种不可告人的快乐。而且，越是玩具，人们期待的反而不是安心欣赏，而是意想不到、惊吓和恐惧。就是说，它们带给人的是一种让人松懈内心防护的快乐。

　　一般人认为，艺术家不过是"模仿神的猴子"，照这么说，玩具既无益又诡异，要做到精巧无比，需要高度技术，那么，该怎么称呼做玩具的人呢？"模仿艺术家的猴子"？不，我觉得不甚妥当。

　　为什么这么说呢？因为，做玩具的人不像艺术家那样，被激昂的意欲驱使，时刻在向工业社会发出直率露骨的反论，也不像技师那样彻底配合科技社会前进的方向，与之保持步调一致。他们不具备强烈的自觉性，所以不得不停留在

"模仿猴子的猴子"的位置上。但同时我也觉得，"模仿艺术家的猴子"这种单面判定太过单一，不足以形容他们，因为"模仿艺术家的猴子"不一定等同"模仿技师的猴子"，反过来说也成立。他们两面皆有，既在模仿艺术家，也在追求技术，这样的身份难道不违反常理？难道不令人惊奇？

如果时代进程是一个无限循环、周而复始的圆，那么"堕落"必然会循环出现在圆之上。如此想来，在所有历史中都能看到这些人，他们总是出现在艺术与技术堕落交错的奇妙之点上，形迹可疑，有种非人类的味道，就像一个魔法师的族群。仔细想一想，"堕落"的真谛，不就是"彻底以猴子自居"嘛！

希望各位不要误会我的话，我丝毫没有藐视这些"猴子"的意思，相反，我在赞美他们。关于这点，我会举各种例子来说明。

众所周知，技术的至上目的，是追求实用。一旦迷失此目的，技术就会向邪恶倾斜，在医学和应战争而生的各种技术上，这种倾向尤其明显。不仅限于这些与人命相关的技术，对所有技术者来说，自诘"为何而作"是伦理的基本底线，不可或缺。

话虽如此，对探索自然的人来说，脱离并无视"为何而作"，也是无法避免的人之本性。所幸的是，唯独艺术家，被世间允许可以如此任性，所以艺术家才被称为卑下的"模仿神的猴子"。正如纪德曾说，艺术家总是需要仰仗魔鬼的协助。但是我们现在要谈的问题，无关艺术家，而是技术者与自然对立的模仿神的创造行为。这种模仿究竟能成功吗？

无论是否成功，窥视沉淀在曲颈瓶底的中世纪炼金术士的孤独里，不存在"有什么实际功用"之类的庸俗疑问，对他们来说，行动本身就是纯粹的欢愉。诸如"有什么实用"式的疑问，对艺术家和大部分魔术师来说，都是极大侮辱。因为除了"挖掘事物隐而未明的秘密"，他们没有其他目的了吧！

比如制造生命的可能性、从无机物中导出有机物质的可能性，等等，炼金术士们将神秘的物质调和进试管里，试图创造新的荷姆克鲁斯（homunculus）①。此举虽然隐约流露出人类侵犯神之造物特权的邪恶意图，但所有中世纪炼金术士仍将梦想都赌在了上面，从那位狷介又放浪不羁的医生帕拉塞尔苏斯（Paracelsus）身上，我们便可看到当时炼金术士们的无敌野心。

机关人偶、机关活动的动物、精密的人偶时钟等，这些发明虽然还谈不上创造新的生命，但都脱离了实用，而一心以惊人耳目为目的。制作这些游戏机械和玩具的发明家，仿佛被狂热野心附了体，当我们通览科技发展史时，从历史的幽暗之处逐一现身、浮现，让我们不可能不注意。他们既不是艺术家，也谈不上纯粹的技术者，勉强称呼的话，他们既

① 指人造小矮人。

是"模仿艺术家的猴子"，也是"模仿技师的猴子"，从这种邪恶的二重性上，我们不得不称他们为"小规模实现了魔法师的梦想的人"。这些旁门左道之士，仿佛隶属同一种族，有着相同的精神系谱，无论如何改朝换代，都以相似的面貌出现在世人面前，我们也只能称其为一种奇观了。

◎

亚历山大里亚的希罗（Hero of Alexandria），师承克特西比乌斯（Ctesibius），因发明蒸汽机关、压泵和发现虹吸原理而闻名。除此之外，他还运用同样原理，制作了各种游戏机关，比如"流水带动发声的鸟""给水便会自动饮下的人偶""把葡萄酒皮囊中的水倒入盘中的萨提尔""手持压缩空气奏响的喇叭的人偶""在祭坛火焰中跳舞的塑像""被抬起苹果所牵动的赫拉克勒斯的弓箭射中的、嗞嗞哀鸣的龙"，等等。

迪尔斯（Diels）曾说："即使在科学和技术最为成熟的希腊化时代，技术者的身份也未曾有过改变。因为当时只在少数兴趣爱好者之间才拥有这些技艺，反倒替十七、十八世纪的游戏类的东西增添了一层特色。"所以，希罗的这些珍奇发明就被盖上了"业余爱好者"的烙印，放置了他作品的神庙，也因此而有了一种令民众惊恐的巫术般的氛围。希罗私下究竟是怎样一个人，却没有被流传记录下来。

罗马时代的建筑师维特鲁威（Vitruvius）认为，水风琴的发明者是克特西比乌斯，也有人认为是希罗。在古代，水风琴、水钟之类的装置被当作一种游戏机械。顺便说，阿拉伯的哈伦·拉希德（Harun al-Rashid）在查理大帝加冕时赠送的水钟，大象口中会吐出和钟点同样数量的球，惊倒了当时的欧洲人。

◎

　　谈到水风琴的制作者，最让人感兴趣的中世纪人物，莫过于欧里亚克的修道士热尔贝（Gerbert of Aurillac，后来的罗马教皇西尔维斯特二世）。他在各学术领域里都显示了出类拔萃的才智，以至于给后世留下"巫师"或"异端"的不吉口碑，在中世纪一千年里，恐怕再找不到第二个他这样的怪才。顺便说，我现在正在细读他的传记。

　　有一种说法称热尔贝出身卑微，年轻时从法国修道院逃离，前往西班牙的托莱多，在那里，他钻研了阿拉伯的科学、魔法、占星术以及数学，掌握了可以自由召唤恶魔的法术，与魔鬼结盟，凭借魔鬼之力，从博比欧修道院院长做起，继而当上兰斯大主教、拉文纳大主教，一路高升，最后得到神圣罗马帝国皇帝奥托三世的推荐，爬上了罗马教皇的高位。按照马姆斯伯里的威廉（William of Malmesbury）的说法，最初把阿拉伯数字传到西欧的人，便是热尔贝。在热尔贝的数学专著《算术之书》（Algorismus）里，密密麻麻写满了十进制表和其他数字、记号，当时的人们从未见过阿拉伯数字，

玩具篇｜玩具について

难怪以为他在写魔法。

传说热尔贝和奥托三世一起在德意志马格德堡时，曾亲手制作了一个时钟。据说那是一个带着齿轮的报时钟，其精巧程度令人惊讶，以至于人们坚信他借助了魔鬼的力量，不然怎么可能做得出来。

顺记一笔，拜占庭帝国很看重严肃的宗教仪式，所以风琴是件重要乐器。最初登场的是克特西比乌斯式的水风琴，之后是空气风琴（现在的风琴）。八世纪时最初传到欧洲的风琴，是拜占庭皇帝君士坦丁五世赠出的两台，一台送给了法兰克国王丕平三世，另一台送给了查理大帝。依据圣加伦的一位修道士的记载："牛皮风箱震动青铜管发出声响，如滚滚雷鸣，音色既像七弦琴，也似铜钹。"

另一方面，钟表的历史则不甚明了。按照有些人的说法，钟表好像是在十三世纪突然出现，但也有一些值得信赖的记载，显示在十三世纪前，欧洲各地的修道院里已有各种时钟被发明出来，虽然装置非常简单。除去水钟和日晷，可称之为"机械钟发明家"的，有六世纪的卡西奥多罗斯（Cassiodorus）、八世纪的罗马教皇保禄一世、九世纪的维罗纳副主教帕西菲克斯（Pacificus）等人，他们都在修道院里埋首钻研过从亚历山大里亚传来的科学。由此，不要说日晷，十世纪末十一世纪初的热尔贝就算发明了非常精巧的时钟，也不是什么特异之事。如果他如传说中所说，曾在西班牙的托莱多和科尔多瓦游学过，那就更不是问题了。

热尔贝身居教皇之位时，正逢公元一千年前后，千禧年意味着《圣经·启示录》所预言的世界末日即将到来，欧洲民众笼罩在一片不安气氛里。这一年，据称人们看到了各种魔鬼和敌基督的幻影，由此陷入了歇斯底里的惊恐状态，俗称"千禧年的恐怖"。西尔维斯特二世这样一位不世出的天才，活在如此疯狂而愚昧的年代里，被谣传成不祥巫师也在所难免。当时经院哲学的抽象思辨导致几乎所有思想都处于麻痹状态，而西尔维斯特二世，却凭借着与文艺复兴时代全才之人相似的工匠式天才，旁若无人地踏入了专业知识的殿堂。

在后来罗马教皇斯德望十世的记载里，西尔维斯特二世临终时，忏悔在担任兰斯大主教时犯下将灵魂出卖给恶魔之罪，并哭泣着请求周围的人割掉他的手和舌头埋葬。还有传说称，某位教皇去世时，西尔维斯特二世之墓渗出黑色汗水，积成了水注。更有一种真假难辨的说法，称他生前曾造出过诡异的机关人偶。

其实，以机关人偶闻名于世的，非十三世纪最著名的经院哲学学者阿尔贝图斯·马格努斯（Albertus Magnus）莫属。这个人，既是基督教中的圣人，也是涉足各项自然科学的博学之士，俗称"大阿尔伯特"，也有人称他为"全能博士"（Doctor Universalis）。

据说他做的人偶，受星象影响，身体各部分会自然而动，其中原理，也许出自当时流行的以神秘主义为基础的占星学。据说他把人偶当作仆人使唤，人偶能做很多动作，很是勤快，还会说话。因发声近似呓语，他的弟子托马斯·阿奎那，不胜

Docta etiam ſanos Plantis haurire liquores.   Pour auoir maladie et tant mal qu'aduenange.   Ty diſtilleren hier verdsoen en ſpecerijen.
Queis ægro medicum ſedula præſtet opem.   Ils diſtilent les diuerſe herbe en breuuage.   Sic hun voert by gleſbærde la febus Huy Die Banen

其烦，有一天突发脾气将人偶砸坏了，真是可惜。

传说大阿尔伯特拥有智慧石，可以点石成金，确实，他著有一本书叫《论炼金术》(*De alchimia*)，但没有记录显示他真的炼出过黄金。倒不如说，他的科学技巧有如变戏法，近乎奇迹，所以巫师的盛名才在民间广为流传。

有一次他在科隆的修道院里款待荷兰伯爵威廉二世，时值隆冬，雪花纷降。他在修道院的中庭安排下桌椅，欲请客人在室外进餐。伯爵一行抵达时，桌上已积满白雪。但是，当所有人落座后，积雪骤然消失得无影无踪，庭院里的树上绽放出鲜花，小鸟鸣叫出春之声。让积雪瞬间消失确实很神奇，但是，诸如让鲜花盛开、模仿鸟鸣之类的戏码，更像是背后有机关操纵，从前希罗也曾多次演示过，倒也不是什么稀奇之事。

◎

进入十六世纪，人们开始隐约地意识到，机械可以成为人的另一副手脚，同时也意识到，人不仅能创造奇巧，也有能力开辟出一个新世界，让机械在那里自立。但说到人的创造能力，令人惊讶感叹的是，从远古时代起，人一边制作实用的工具，比如用在战争上，用在建筑上，同时也倾注了相当的热情在制作无用之物上，比如人偶，不过只是模仿天然，追求的是尽性好玩，没什么明确目的。在蒸汽、电与核能之前的时代里，人类的最大技术性发明，要算模仿真人的自动人偶了。

上文中我们粗略概括了一些亚历山大里亚时代到中世纪时期的果敢天才，他们不畏世俗冷眼，毅然决然地投注心力创造出这种神秘魅惑的人偶。当然，在他们生前身后，还有众多机关人偶出自无名氏之手，这也是事实。现在，就让我们从记载古代文化技术的书页间，捡拾出其中一些卓越之例吧。

首先，最古老的要算埃及的"揉面团人偶"了。它是一个木偶，手腕、脚和上半身是分别制作的，拉动木偶腰部的绳子，它的上半身会上下活动，就像在行礼，恰好连动双手做出揉面动作。柏拉图的著作中曾出现"就像傀儡一样被操纵"的措辞，由此可见，古希腊也有过类似人偶。江户时代（一六〇三至一八六八年）的日本，也出现过同样原理的"舂米人偶"。但是，如果只罗列这些人偶，并没什么好玩的，我们想知道的，可不是这种就像民间工艺品一样的朴素手制人偶，而是那种气质更疯狂邪门的、仿佛有着独立精神世界的、有资格被称为"发明"的产物。

那么，这个例子又怎样？——古代埃及的拉美西斯王朝①即将灭亡之时，暗中掌握实权的阿蒙神祭司们，为了能随意拥立或废黜年轻的法老，向底比斯神殿中的神像祈求神谕。据说，这座神像不仅能动，而且会说话。当然，祭司们可以按照自己的意愿操纵神像的头部和手腕，让神像说出他们需要的话。可以说，这座神像就是一种机关人偶，但其

① 这里指的是拉美西斯二世时期，即前 1279 年至前 1213 年。

制作奥秘，现代埃及学者也尚未能揭开。考古学家马斯伯乐（Maspero）认为，其动作机制，应该是亚历山大里亚的希罗也运用过的蒸汽和空气压缩原理，但此说法也仅是推测而已。

古代希腊的很多故事里，也提到过雕像会动。据说赫利奥波利斯城有一座雕像，会自己走下台座。还有，某城的狄俄墨得斯像被丢入海里后，又自己走回了原位。古罗马的历史学家卡西乌斯·狄奥（Cassius Dio）曾记述过因苦闷而汗如雨下的人偶，以及赤血横流的人偶。亚里士多德也曾描述过一个会动的木质维纳斯像，设计这尊像的人，就是建造过克里特岛米诺斯迷宫的著名工匠代达罗斯（Daedalus），像的内部装有水银，水银流动，触发人像活动。克里特岛和罗得岛的铁匠们制作的人偶在当时颇负盛名，而代达罗斯也被奉为工匠之神。然而，关于这些人偶，颇有些不祥传闻，据传人偶每天晚上都会不安分地离开台座，去和人类或其他神像交媾，以至于后来每到夜晚，人们不得不将其缚住。这也可以算作机器人反叛人类的最早之例。

公元前四世纪出生于意大利塔兰图姆的阿尔希塔斯（Archytas）是比亚历山大里亚的希罗更远古的人物，他既是政治家，也是军人，还是数学家和天文学者，同时还是毕达哥拉斯派的哲学家。他发明过模拟鸽子飞翔的装置，据说还制作过类似拨浪鼓类玩具的可以自动发声的器械。六百年后的古罗马文法家格利乌斯（Gellius）指出，阿尔希塔斯的鸽子是木制的，身上有吊坠起平衡作用，之所以会动，是因为利用了蒸汽原理。

古罗马的竞技场中有一项表演，是将一个叫作曼杜库斯（Manducus）的傀儡抬到台上。那是一个龇出巨大牙齿的恐怖食人鬼的形象，主要用来吓唬小孩子，有时也在滑稽剧中登场，法国作家拉伯雷的《巨人传》第四部里就有提及。另外，罗马皇帝克劳狄乌斯在意大利中部的富奇湖①上举行盛大娱乐表演，安排了吹着喇叭的海神像登场。可是表演到一半，弹簧坏掉，傀儡再无法动弹，皇帝盛怒之下，便命令制作傀儡的工匠们在台上表演相互厮杀。

在诸教融合（syncretism）时代的新柏拉图主义哲学家们的著作中，也常能看到关于人造人传说的记载，这些人造人，或男或女，大多由木材、金属、蜡、玻璃或皮革制成。如果把目光转向中世纪末期，十五世纪德意志天文学家雷吉奥蒙塔努斯（Regiomontanus）也是一位制作装置的名家。据传，他是第一个做出摆钟的人，还做过模仿老鹰飞翔的装置。

① Fucine Lake，已在 19 世纪干涸，现为农田。

安东尼·卡隆（Antoine Caron, 1521—1599）的铜版画《制作母牛的代达罗斯》。太阳神赫利俄斯的女儿帕西法厄，是克里特岛国王米诺斯的妻子。她爱上了海神波塞冬送给米诺斯的健美公牛，深为情思所苦，于是和工匠代达罗斯商量。代达罗斯绞尽脑汁，想出制作以假乱真的母牛像的办法，并让王妃藏身于牛像中空的腹部，带到健美公牛的面前，公牛以为眼前的是真母牛，于是上前调情，王妃因此如愿以偿。

从文艺复兴到巴洛克时代，甚至跨越到洛可可时代，机关人偶、机械钟上的小人、惊吓喷泉（一种恶作剧喷泉，当人靠近特定位置，或坐到特定椅子上，水会突然喷出来），以及造园技术，等等，反映了当时绚丽虚饰的嗜好，也显示了惊人的技术进步。当时出现了很多会说话、会唱歌、会跳舞、会计算的装置。我们应该注意到，是少数天才异人，将这些不实用的游戏性的技术提升到了更高的层次。

当一个新时代开启时，机械是一种证据，证明人可以反抗自然，创造独立存在的精神世界。与充满矛盾的天然存在的自然相比，机械是一种理想造物，具有辨别能力，对世界有更合理的认知。远在启蒙主义时代之前，在一些知性圈子里，早已盛行过机械崇拜，豪门贵族的宅邸曾是试验场和论坛，有共同兴趣爱好的人们聚集在一起，进行磁力、光学、化学、力学、天文学、音响学、水力学等试验。

进入十八世纪后，机械崇拜得到了公开认可，机械成为"进步的神话"的象征，却丧失了之前那种活泼的奇思怪想的魅力。所以，最令我们感兴趣的，是十六世纪到十七世纪初期，即从文艺复兴经过矫饰主义进入巴洛克时代，那段历程，诸教融合、风雅讲究、夸饰趣尚，流溢着奇妙的光彩。

接下来，我们该推举哪位人物做时代代表呢？

列奥纳多·达·芬奇在法国国王弗朗索瓦一世的宫殿里，制作了能后足站立起身的机械狮子，在罗马，做了小巧的吹一口气就能飞上天的蜡质动物；再比如莱昂·巴蒂斯塔·阿尔伯蒂（Leon Battista Alberti）制作过可以窥看奇景的箱子，博得了当时人们的赞叹。这些轶事在花田清辉所著《复兴期的精神》的《镜中语》一文中俯拾皆是，我就不赘述了。

其他，还有洛可可时代法国宫廷宠儿雅克·德·沃康松（Jacques de Vaucanson），他制作过"吹笛人""鼓手""埃及艳后之蛇""鸭子"等精巧的自动装置，获得了法国大革命前的公爵及侯爵夫人们的喝彩。关于他，我想也不需要再多介绍了。

还有笛卡尔，制作了一个容貌酷似他死去的女儿弗朗辛的机关人偶，笛卡尔称其为"我的女儿"，并大为宠爱，这件轶事我们也早就听腻了。

在这里，我想推举的人物，是朱塞佩·阿尔钦博托（Giuseppe Arcimboldo）。他出生于意大利米兰，正好比达·芬奇晚一百年。他是肖像画家，风格与众不同，曾被布拉格的哈布斯堡家族招揽入宫，在那里，他绽放了惊人才华。

图为阿尔钦博托的自画像，用纸张组合而成。

阿尔钦博托笔下的
布拉格占卜师。

阿尔钦博托笔下的
布拉格天文学者。

提到阿尔钦博托，几乎无人知道他的生平，人们对他的了解，也仅是他的怪诞画风——用奇怪的动物、植物和工具组合成的人的侧脸肖像。我之所以想介绍他，有两个理由。

首先，他不仅是画家，还是发明家和收藏家，曾构思制作过很多乐器、喷泉和旋转木马等风格奇特的东西。作为哈布斯堡王朝皇帝鲁道夫二世的美术收集顾问，他为皇帝收集了从世界各地汇聚到布拉格的奇珍异品。第二，他居住的城市布拉格，与机关人偶以及魔法历史渊源极深。

十六世纪后半期，欧洲大陆终于开始崇尚巴洛克式的怪诞风格，而鲁道夫二世沉溺于炼金术和魔法，布拉格宫廷氛围之怪异，尤其令人瞠目结舌。既然皇帝是无人能及的神秘爱好者，其人格也反映在城市氛围里。当时的布拉格充斥着迷信和传说。无数哲学家、人文学者、占星家、修道士、建筑家、工匠、钟表师、金银匠、版画家、玻璃工，更有骗子和江湖小贩，从欧洲各地群集到这座城市里。在被称为"黄金巷"的狭长街巷的一角，出没着面目可疑的占卜师、术士和卡巴拉教信徒。逼仄的犹太区里，流传着泥人魔像（Golem）[1]的怪异犹太传说。

魔像是自中世纪以来犹太传说里出现的一种被施咒语而注入生命的泥人，类似科学怪人[2]的人造人，魔像传说也反映出中世纪施展魔法以创造生命的野心。十六世纪的《塔木德》学者——海乌姆的以利亚（Elijah of Chelm），借助卡巴拉经典《创造之书》（*Sepher Yetzirah*），做出了第一个魔像。著名的拉比——洛伊乌·本·比撒列（Loew ben Bezalel）得到神谕，在两位女婿的帮助下，在一五八〇年也做出了魔像。以上两件事，都发生在布拉格犹太区。

据说，洛伊乌的魔像活了十三年。有意思的是，魔像和阿尔钦博托竟然死在了同一年。也许这是偶然巧合，但是想起两人都住在布拉格，不由得令人浮想联翩。

杉田六一在《犹太史研究余谈》里提到，"魔像执行制造者的所有命令。身为制作者的洛伊乌因恐魔像会冒犯安息日，每到礼拜五傍晚，就从魔像身上取下其生命之源的符纸，在安息日里，魔像只是一堆黏土。某个礼拜五，洛伊乌忘记取下符纸，等他想起时，魔像已经迈开大步了。洛伊乌害怕魔像会做出粗暴举动威胁街巷安全，大惊之下立刻追了上去，好不容易，才在教会门外拦下魔像，解除了魔力。于是，魔像不得已被分崩粉碎。据说，魔像的碎片就混杂在布拉格古老教会倾颓的尘屑里"。

① Golem，犹太教传说中自己会动的泥偶。
② 玛丽·雪莱著于 1818 年的小说《弗兰肯斯坦》中出现的人造人。

如此看来，布拉格与机关人偶的历史关系极其深厚。这个城市机关人偶的传统，从霍夫曼（Hoffmann）《沙人》（*Der Sandmann*）中登场的木偶师科佩留斯（Coppelius，真实原型为波希米亚木偶师科佩基 [Kopecký]），一直绵延传承到当代捷克斯洛伐克的木偶剧，始终不辍。

写过人造人题材小说的作家卡雷尔·恰佩克（Karel Capek），也出生于捷克，曾在布拉格大学研究哲学。同样捷克出身、曾对卡夫卡产生过重大影响的古斯塔夫·梅林克（Gustav Meyrink），著有幻想小说《魔像》（*Der Golem*），这部一九一五年的小说相当有趣，我最近刚读过。

小栗虫太郎的《黑死馆杀人事件》一书中，出现过一个与人体同高的阴森女性人偶，名叫德蕾丝·西尼奥雷，侦探法水看到人偶之后，考证说："她看起来简直就是魔像或者铁处女，听说这是科佩基的作品，虽说是布拉格的产物，她的身体曲线更接近巴登 - 巴登的汉斯武斯特（德国傀儡），这种简洁的线条里，蕴藏着别的人偶身上都看不见的无穷神秘。"

顺便提一下，铁处女又称"斯特拉斯堡的新娘"或"纽伦堡的新娘"，是十六世纪时的一种残忍刑具。它的外观，是一个披着钢铁斗篷的女人，人偶胸腔可以左右打开，内部是空的，左右门扉上插满锐利粗针。将罪犯关进人偶里，关上门，罪犯就会被锐刃刺穿，鲜血四溅，就像被放进压榨机里一样。犯人要痛苦挣扎很久后才丧命。这种人偶通常有一张古朴威严的脸，面无表情，但也有一种铁处女，按钮按下后，人偶的嘴巴连动着慢慢张开，露出暧昧又残忍的微笑。

铁处女的可怕之处，在于冷酷，在于施虐，犯人被关进刑具内后，其他人看不到他痛苦的表情、流血的样子、令人目不忍睹的伤口，也听不见他的凄厉尖叫，只能站在外面，去想象犯人正在承受的恐怖。人心中的施虐欲，与宗教及司法权力联手，诞生出这般可怕的人偶。以上，仅供参考……

◎

接着，让我们再返回十六世纪末的布拉格。接下来的话题，会暂时离开机械和人偶，但请大家记住，无论下面说的是什么，主旨是紧密环接的。

《矫饰主义》（*Manierismus In Der Literatur*）的作者勒内·奥凯（René Hocke）写道，鲁道夫二世统治下的布拉格，这座位于欧洲大陆几乎正中央的波希米亚古城，对全欧洲的知识分子来说，就像卡利马科斯（Callimachus）时代的亚历山大里亚，就像哈德良大帝统治下的罗马，是当时矫饰主义的重镇。接下来，我就来稍微介绍一下奥凯书中的内容。

晚年隐居在蒂沃利行宫的哈德良大帝，将修辞学者、科学家、哲学家、艺术家、技师、神秘学家、柏拉图学派、斯多葛学派、伊壁鸠鲁学派，甚至是大地之母库柏勒的信徒、伊西斯女神的信徒、阿斯塔蒂女神的信徒等召集到身边，亲自做一个调停者，希望各门派从此停止攻讦，让信仰融合共存。十六世纪的鲁道夫二世也一样，在他的时代里，哈布斯堡家族的大帝国正走向衰退，面对各种不调和，他希望自己能在精神上和政治上将其统一。从国家、宗教、信条、民族等立场来看，欧洲确实是多元的，但建立一个精神层面上统一的欧洲又有何不好——这是鲁道夫二世的梦想。所以，对类似伯里克利执政下的雅典，或奥古斯都的罗马这些古典政治的典型，他丝毫不感兴趣，反而，博物学研究时代的亚历山大里亚、哈德良大帝的罗马才是他心目中的理想之城。

若要理解鲁道夫二世的布拉格，首先要知道当时的欧洲文化有多么丰饶。鲁道夫的在位时间是一五七六年到一六一二年。丁托列托（Tintoretto）、格列柯（Greco）、贡戈拉（Góngora）、洛佩·德·维加（Lope de Vega）、莎士比亚、约翰·多恩（John Donne）等人的众多杰作，正是在这短短三十年间问世的。

鲁道夫死去的那一年，雅各布·伯麦（Jakob Böhme）完成了他的首部著作《曙光》（*Aurora oder Morgenröte im Aufgang*），也仿佛是那个时代的暗喻。那时，文艺复兴运动萌生出的文艺和思想已绚烂成熟，矫饰主义走到了巅峰时期。

话虽如此，鲁道夫二世的布拉格终究没能出现一种色彩分明的流派，可与弗朗索瓦一世身边个性强烈的枫丹白露派匹敌。鲁道夫二世从意大利、佛兰德斯和西班牙招集来无数艺术家，他的宫廷就像一个珠宝盒，各种闪亮宝石散乱无章，品味令人无法恭维，宝石各自耀眼，矫饰主义仅是无数凌乱反射中唯一可循的共通点罢了。

鲁道夫在自己身边建立起一种奇特的知性圈子，还逐渐收编了他父亲宫廷里的艺术家和学者，当他脱离体弱多病的青年期，册封宫廷肖像画家阿尔钦博托为伯爵时，他身边人数庞大的艺术家学者群，早已能与哈德良大帝的知识殿堂匹敌。

虽说著名的帕拉塞尔苏斯、浮士德、阿格里帕（Agrippa）等大魔法师旅居布拉格的年代，要远早于鲁道夫二世，但鲁道夫二世在位时，情形也毫不逊色。他身边聚集了众多特立独行的学者，比如以水晶球占卜声名大噪的英国魔法师约翰·迪伊（John Dee）、迪伊的助手——骗子炼金术士凯利（Kelley）、德意志蔷薇十字会领袖米夏埃尔·迈尔（*Michael Maier*）、波兰炼金术士山迪佛鸠斯（Sendivogius），等等。山迪佛鸠斯应诏来到布拉格，向鲁道夫二世献上点金石，顺风顺水地完成了金属改造实验，获封皇帝顾问称号，据说还得到了铭刻着皇帝肖像的勋章。说到鲁道夫的顾问，米夏埃尔·迈尔也是其中一位，他身兼秘书和御医，侍奉皇帝多年。

鲁道夫二世不仅招揽了身份可疑的方家术士，也招纳了被誉为天文学者之王的第谷·布拉赫及其助手约翰尼斯·开普勒。正因有鲁道夫的庇护资助，才有第谷和开普勒之后的杰出成就。赫拉德恰尼皇宫坐落在高丘之上，可远眺伏尔塔瓦河。鲁道夫经常邀请第谷和开普勒登上城堡观景台，一同观测夜空群星。开普勒将在布拉格时的著书之一命名为《鲁道夫星表》（*Tabulae Rudolphinae*），这位爱好天文学的皇帝由此名垂千古。

荷尔斯泰因公爵的妖异博物馆，位于戈特奥夫宫内。

当时，无论是民族国家思想，还是文化经济，都尚未成熟，鲁道夫的政治理想受挫也在所难免，如果用一句话来形容，那就是"他在追求欧洲精神上的统一"。无奈他的做法脱离现实，也太过古怪。他似乎相信，欧洲世界必须在"游乐"中达成统一，他认为，游乐正是一种巨大凝聚力，可以构成文化。

所以，他不仅以大胆冒险的姿态，招集来五花八门的学者、艺术家和技术家，同时，还在他的世界大熔炉一样的宫廷里，沉溺于脱离常规的疯狂收集癖。下面，就先介绍一下哈布斯堡王朝著名的"妖异博物馆"。

很有意思的是，哈布斯堡王朝历代皇帝，将从世界各地网罗的几近一切奇珍异宝，都密密麻麻地陈列在皇宫一隅所开辟的收藏室内。这间壮观慑人的博物馆里，有形状古怪的玻璃器皿、镶嵌着宝石的罐子、黑檀木和雪花石膏及蛇纹岩石做成的精致雕刻、古代乐器、机关玩偶、各种时钟、沙漏、护符、动物干尸、远古野兽化石、酒渍的畸形、异变的植物、南洋热带的贝壳、珊瑚、镶嵌蜂鸟羽毛的工艺品、矿物标本、各种眼镜、光学仪器、天球仪、铠甲、烛台、刀剑、镜子、象牙雕刻、金银雕刻、珐琅、陶瓷、古代货币、纸牌、魔法书、祈祷书、音乐盒、手铳、骷髅，等等。

回想一下我们小时候，是不是也曾有过一个秘密盒子，装满了比如坏掉的钟表上拆下的零件、从炭火柜抽斗里偷出来的祖父的眼镜片、从运动健将的堂兄弟那里得来的奖牌、在练兵场捡到的黄铜雷管、五颜六色的玻璃弹珠、油亮的大橡子、风干的蜥蜴尸体、钢笔帽、铁链、发条、锡兵、胶卷残片、削到很短的巴伐利亚彩色铅笔之类的东西？收集这些小玩意的过程，我们曾有过多少难以言喻的快乐呀。让·科克托（Jean Cocteau）的小说《可怕的孩子》（*Les Enfants Terribles*）里，有一段情节，描写了小孩子们是怎么收集这些亲爱的小破烂儿的。这些"宝贝"，对小孩的想象力来说，是开启另一个世界的通灵之物。它们是信物，是浮标，缘此能窥见深潜在我们意识深处的、对物的泛性欲式迷恋。这些物品的集合体，自动构筑出了一个百科全书式的、独自运转的宇宙。

哈布斯堡家族的皇帝们的幼儿性欲式的收集癖，与潜藏在我们意识深处的恋物冲动之间，可以说存在着某种一拍即合的关联。当时巴洛克风尚中最为极端的东西，正是在神圣罗马帝国皇帝的妖异博物馆里结晶成形的。文艺复兴引发的对自然的探索心，与历代皇帝们的病态资质相交融，引发了他们对博物学和畸形学的偏颇嗜好。

从大航海时代起，欧洲贵族间开始流行建造动物园和植物园，例如十五世纪，美第奇家族伟大的洛伦佐（Lorenzo il Magnifico），在卡勒吉别墅建造了豪奢的植物园；十六世纪初期，枢机主教特里武尔齐奥（Trivulzio）在罗马坎帕尼亚领地建起玫瑰园，收集了各个品种的玫瑰；另外，还有海因里希六世在西西里的巴勒莫建造了动物园，收集了长颈鹿、豹和斑马等南方的珍奇异兽；而住在那不勒斯的魔法师、博物学者巴蒂斯塔·德拉·波尔塔（Battista Della Porta）

则收集了大量罕见的外国动物、植物和矿物，在家中设置了堪称私人博物馆一样的地方，并招收弟子，讲授自然奥秘。如此这般，文艺复兴时期人们对自然的旺盛好奇心，一旦转换到哈布斯堡家族充满魔幻气氛的宫廷里，就无可避免地蒙上了一种病态色彩。欧洲北部诞生过博斯那么超现实的画家，充满了幻想气息，在这样的氛围下，科学与猎奇嗜好就宿命般地被混同在一起了，这是北方独有的巴洛克，这就是矫饰主义。

根据塔皮耶（Victor-Lucien Tapié）的说法，随着布尔乔亚的崛起，重视节制和秩序的古典主义理想逐渐以明确形式得到强化。反而那些布尔乔亚控制似乎有限的国家，其贵族或乡村社会则偏好于巴洛克式的想象力与自由。巴洛克充满自由和想象力，与节制和秩序正好相反。按此说法，可以去对证一下当时的德意志国情和鲁道夫二世的宫廷——当时，农民战争和宗教改革延迟了国家的统一和国民文化的诞生，而在宫廷里，鲁道夫以一种异常而扭曲的形式发展壮大了人文主义教养。确实，塔皮耶的观点有很多地方令人首肯。

🐚

哈布斯堡家族的历代皇帝，比如斐迪南一世、马克西米利安二世、其弟蒂罗尔的斐迪南大公以及鲁道夫二世等人，都是收集狂，就像被幼稚小孩的极端自尊心附体魔怔了一样，他们坐拥很多独一无二的奇珍异品。就连法国王室的枫丹白露宫收藏，面对神圣罗马帝国皇帝们的宝贝们也要相形见绌。无论是纽伦堡、德累斯顿、奥格斯堡的贵族诸侯，还是丹麦国王，都觊觎着神圣罗马帝国皇帝的收藏品，为之垂涎。

但是，就如前面所述，他们近乎癫狂的收集癖，绝不是什么"对艺术的爱好"或"对财富的占有欲"那么简单的欲望就可以解释的。布拉格宫廷里的"妖异博物馆"恰如其名——Kunst und Wunderkammern（艺术和奇珍的房间），其目的就是想让人大吃一惊。所以，那些藏品不仅是外观奇异的植物根茎和果实，或畸形动物，也包括了畸形人。据说蒂罗尔的斐迪南大公的博物馆画廊里，侏儒、巨人、毛发如兽的毛人、肢端肥大症患者、连体双胞胎等外观畸变者的肖像画，挂得满满当当的。

在神圣罗马帝国皇帝一族中，猎奇嗜好最强烈的，非鲁道夫二世莫属。他的少年时代在统治西班牙的叔父菲利普二世著名的"死之宫"埃斯科里亚尔离宫中度过。年少时他体弱多病，性情阴晴不定，令人既担忧又头疼。长大成人后，他的性格变得越发不安定，时常抑郁症发作。他二十四岁当上皇帝后，开始收集美术品和奇珍。在他的藏品中，甚至有毒参茄根茎和粪石（食草动物的肠道结石，古人相信其有解毒作用）这类浮士德博士实验室里才会出现的奇诡小玩意儿。

这位鲁道夫二世，实在是性情瞬息多变，他常在宫廷会

图为年轻时的鲁道夫二世。

议进行到一半时忽然起身，一溜烟不见人影。家臣四处寻找，总会发现他闷在天体观测室里，和他赏识的占星学者一起围着浑天仪、圆规和沙漏，计算星位，浑然忘我，有时在观测室里连续一两个晚上不出来。在他晚年，他资助的天文学者第谷·布拉赫做出预言："陛下会和法国国王亨利三世一样，遭人暗杀身亡。"鲁道夫听到后非常害怕，于是极力避免去人多的地方，后来干脆在宫廷内苑散步的小径上加盖了屋顶，以免被人看到。由此，他有了绰号，人称"布拉格的畸零人"。鲁道夫死于一六一二年，那年他六十岁，就像同时代的莎士比亚的剧中角色，他遭亲人篡位，被所有人遗弃，最后在孤独中死去。

马尔西利奥·费奇诺（Marsilio Ficino）把柏拉图的"神圣迷狂"①与气质体液学说中的"黑胆汁"一说结合在一起，提出过一个著名公理："无论是哲学还是艺术领域，真正的非凡天才必定是忧郁体质。"鲁道夫二世终生未婚，极度避人厌世，唯独倾心艺术、哲学和炼金术，真可谓忧郁体质的典型了。

鲁道夫曾让阿尔钦博托画过一幅肖像，从中能看出，他还是懂幽默的，不仅幽默，而且懂得韬晦。阿尔钦博托就像与皇帝心有灵犀的同犯，用蔬菜、水果和花朵，幽默地组合出

阿尔钦博托的《威耳廷努斯》，现被认为是鲁道夫二世的肖像。

① 柏拉图认为"神圣迷狂"有四种形式，分别为：预言的迷狂、宗教的迷狂、诗性的迷狂、理性的迷狂。

了皇帝的面容。这幅画一直以"威耳廷努斯"（Vertumnus）[1]的标题广为人知，近年才被确认为鲁道夫二世的画像。我们从一幅画中管窥到的，是皇帝的游戏之心。我想，能用冷嘲的眼光睨视自己并懂得幽默的掌权者，在二十世纪已经无处可寻了。但在十七世纪，在鲁道夫二世这样一个非凡的人格里，这些特质曾精彩地展现过。

鲁道夫不安定的精神倾向，在后来以资助瓦格纳而闻名的"疯王"路德维希二世身上也可以看到，就像奇妙的隔代遗传。

他们迷信、混沌，偏嗜炫亮之物，一身怪癖，彻底无视道德，有近乎情欲般的恋物执念，同时，又从骨子里疯狂追求知识，对统一有欲求。文艺复兴运动之后，欧洲一直风行浮士德博士与魔鬼做交易的传说。在这样的时代气氛里，难怪布拉格街巷中谣传，说鲁道夫二世是卖身给魔鬼的皇帝。就像浮士德博士涉猎了所有知识领域后开始追求更极致的新世界一样，鲁道夫二世窥看天文望远镜，凝视蒸馏瓶深处，观察怪异之物，把心思投注于超自然的奥秘。

◎

然而，对超自然的沉溺，并非哈布斯堡家族独有的气质特征。这早已是一种普遍性的风潮，从百年前开始席卷欧洲，

① 掌管四季变化、庭园和果树之神。

类似倾向早见端倪。地理大发现和航海者旅行记更是推动了这股风潮。

约翰·曼德维尔（John Mandeville）和马可·波罗的旅行记在当时大受欢迎，广为阅读。在他们之后，十五世纪时出现了众多怪物传说作家。他们把未知国度冒险记和栖息于此的神秘动物的幻想故事混同在了一起。故事配着线条粗陋的木版插画，印着人鱼、半鸟半鱼的生物、两个头的小孩、独眼怪兽等，在民众间广为流传。到了十六世纪，瑞士的苏黎世和巴塞尔成了这类怪物书籍的出版中心。

人类的畸形：人鱼。

当时流传过人们从莱茵河捕获了怪龙，还传说有一个怪物，长着两个脑袋、四只手、两只脚，全身一副骨骼，被送到苏格兰王詹姆斯四世的宫殿里，一直活到二十八岁。传说虽然真假难辨，但如果去看哈布斯堡家族的"妖异博物馆"中的众多画像，就会觉得传说未必全是虚构。只是到了十六世纪，仿佛欧洲的史前动物和希腊神话中的怪兽一齐复活了。

话说回来，这种对超自然的嗜好，近似无益的空想游戏，全欧洲的知识分子为什么会为之沉迷呢？理由或许在于，他们想探求自然的极限。他们试图做出一份大自然目录，把事实和现象分门别类整理出来。他们对怪物和畸形的偏颇嗜好，不单出于对神秘事物和惊人现象的好奇心，

《

狗头族，出自马可·波罗的《游记》（15 世纪），书中记载，孟加拉湾安达曼岛上的人都是狗头。

西伯利亚，梅尔吉特国的种族，出自马可·波罗的《游记》。

还寄托了一份含混的希望，期待神秘异常的事物能拓展出知识的新疆界。

而这一点，与魔法的流行互为表里。当时，魔法相当于一种科学探索，皮科·德拉·米兰多拉（Pico della Mirandola）将魔法看作是"与自然相关的知识之综合"。前面提到的那不勒斯植物收藏家巴蒂斯塔·德拉·波尔塔有一本著作，名为《自然魔法》（*Magiae Naturalis*），书名把乍看互相矛盾的两个概念组合到了一起。开普勒也曾发表过相当有神秘主义倾向的宇宙论，他在一五九六年发表的处女作《宇宙的奥秘》（*Mysterium Cosmographicum*）中写道"非理性事物应该与合理性事物浑然一体"。

※

对怪异之物的兴趣和执念，与初期巴洛克过剩的装饰性结合，把这个时代推进到一种奇妙的氛围里。就像科学与魔法混同一样，艺术也和魔法融合在一起。这三者，有同样的目的，"为了发现此世之外的异世界"而上演着互相欺骗的戏码。

科学家、魔法师、艺术家（另外还有统治世界、拥有无上权力的皇帝！），他们各自专心致力于创造一个小宇宙，皇帝负责网罗收集世上的财富和奇珍，将其集大成于一个房间里，视为世界的缩影。艺术家负责把缩影再现到画布上，他们参透几何学，研究透视法，以画家的方式制作大自然目录。

玩具篇｜玩具について

038 / 039

对于"模仿神的猴子"的艺术家和技术者来说，"妖异博物馆"无疑是研究和发现的绝佳场所。我们在前面说过，画家阿尔钦博托得到皇帝宠爱，受命担当了收藏室的收集官。

回看当时的矫饰主义绘画，那些摆在桌上的水果、罐子、花朵、装饰着羽毛的铠甲、刀剑、女性的身上饰物等小物件，被精细描绘得一个个异常鲜明，像是错觉画似的。注意到这些静物随意地堆叠在某个狭窄的空间之余，我们还可以从如此偏执的画法和构图中清楚地感受到一种执念——画家想在画布上再现世界的缩影。可以说，他们在将自己理想中的"妖异博物馆"再现于画布上，呈现在画布上的。是他们对物的情欲般的执念，以及对世界的隐喻。

然而，比起画布，园林更容易展现世界缩影。文艺复兴以来，造园技术的象征手法进步非常快，大概就是再现世界欲的一种体现。

《
《
图为贝尔纳·帕利西的肖像。《

《
《
《
《

《
图为贝尔纳·帕利西的设计图。

早在一五六三年，在阿尔钦博托来到布拉格的前一年，法国陶器工匠贝尔纳·帕利西（Bernard Palissy），就曾论述过某种乌托邦式的理想造园计划。象征世界缩影的庭院里，必定有洞窟、迷宫、喷泉、日晷以及人像，我们无法忽略，十六世纪的人们倾注了非同小可的热情，试图去发掘自然事物背后的寓意，以及隐藏在世界与事物之间的关联性。

顺便说，这位贝尔纳·帕利西曾从一种名为紫贝的寄居蟹壳中得到灵感，设计出一个从外围到中心以一条螺旋状路径相连通的城堡都市。这一点，让我们不由自主地联想起超现实主义画家达利的耳形涡卷形态学。从菜花、蜗牛到原子核宇宙，达利为在任何事物中发现耳朵的形状而兴奋不已，如此说来，他真是一个世所罕见的至今还保有着十六世纪神秘主义好奇心的人。

◎

无论喜好与否，所有的乌托邦里都有游乐的部分。就像在公园沙地上堆沙堡盖房子的小孩、认真而投入地规划乌托邦式都市计划的理想主义者，他们的姿态高贵又可爱，不沾丝毫市侩。这么说起来，玩沙子堆积木垒圈画小房子的孩子们身上，也有理想主义者的资质呢。

诗也是一种心无旁骛的纯粹的游戏，但是写诗和构筑乌托邦，明显是两回事。尊重游戏规则、在俗世现实中构筑一个完全架空的理想世界——如果这两点是所有堪称理想主义者的人的热忱理想的话，那么，比起诗性领域，理想主义者更倾向于在纯粹的思考领域和更知性的实验领域中玩乐。难道我们也要用"模仿艺术家的猴子"来形容理想主义者吗？

但是反过来思考，恰恰是这些将世界和整体的概念玩弄于股掌之上的理想主义者，才最配被称为"模仿神的猴子"。区分游乐和劳动的重点有很多，我想，前者追求的，是更广阔更完整的东西，并非碎片，这一点可算一种区分标准。试图将世界统一整合到一套哲学体系里的孤独的形而上学者，看起来就像在随性游乐；另一方面，运用某狭窄科学领域的一套技术去制造商品，或者在大工厂里集体作业的人们，看起来工作态度却非常认真，所以，不同的目的区分出了部分和整体。

"游戏和严肃性之间的对立并非固定，"荷兰历史学家赫伊津哈（Huizinga）曾说，"游戏本身具有严肃性，这种严肃性带来的优势，在不断抵消游戏的弱点，游戏可以变得严肃，严肃也可以变得游戏化，但游戏能到达的美与崇高的境界，是严肃性所不能企及的。"（《游戏的人》[Homo Ludens]）

那么，最纯粹的游戏是什么呢？应该是神创造世界吧。神创造世界，充满了美与崇高，真正是最本质的追求整体的工作，是最不像劳动的工作。再说那些理想主义者，他们省去了"艺术"这种迂回手段，直接想成为"模仿神的猴子"，即使他们付出了认真细心，看起来也还是像在玩乐，怎么都不像在严肃工作。

在现实的中心创造一个假的世界——从这个意义来看，所谓的"游乐"，必须是创造一个封闭性的宇宙。身心投入在游乐中的小孩子，自有他们的单一小世界，在那里，时间和空间都缩小了，正好和小玩具的世界一样大。

贝尔纳·帕利西幻想出了一个小贝壳的乌托邦，实在是个充满童真的天才人物。

有些贝壳光润、闪亮、色彩艳丽，手感肌理就像釉彩陶器，帕利西原本是陶工，难怪他钟爱贝壳。陶器的成型，就像一场发生在陶窑里的由泥土和火焰构成的魔法，想象一下帕利西日夜倾注热情在这种魔法上，也就不难理解，为什么他一看到贝类分泌出美丽贝壳的自然奇迹，会那么感动了。

在他献给法国王后凯瑟琳·德·美第奇（Catherine de Medici）的《真理之诀》（Recepte véritable）一书中，有关于前述贝壳城的有趣论述，下面就来简单归纳一下他的主旨。

帕利西在目睹了战争的悲惨情景之后，开始构思怎么才能建造一个安全的城堡都市。当时已有的城市没有一座能令他满意，就连维特鲁威的建筑理论，在大炮时代也早已派不上用场，究竟怎么办才好，他毫无头绪，徘徊于山谷森林，推敲动物们如何巧妙地构筑巢穴。长期观察研究之后，他得知了蜗牛造壳用的是自己的唾液，由此，他开始每日去海边，研究起了贝类。

"对于毫无攻击性的、身体柔软的生物来说，海中的争战远比陆地上的更恐怖。"帕利西在书中写道，"所以弱者得到了神授的智慧，各自造壳。它们通晓无比精妙的几何学的建筑技术，这一点，聪慧的所罗门王也要自愧不如。螺旋形的壳不仅外观美丽，还有其他用处，比如，被尖嘴的鱼类袭击时，如果贝壳是平直的，一定会马上被吃掉，正因为贝壳是螺旋状的，所以它们可以绕啊绕地缩进螺旋的最深处。它们是用这种方式抵抗外敌的。"

后来，帕利西找到两个几内亚产的大贝壳，分别是紫贝和海螺。在他看来，紫贝是贝类中最脆弱的，所以防御器官最发达，开口处有大突刺，可以防御外敌侵入。最终，他以紫贝为模型，借助圆规和长尺，想画出那个悬而未决的防御都市设计图。

他想描绘的都市如下：城市中心有四方形的广场，那里是市政办公的地方，以广场为起点，展开一条路，围绕广场转四圈，才能绕出城。里面的两圈道路是四方形的，外侧的两圈则是八角形，所以整体来看，这座城周围环绕着八角形的城墙。市民当然住在城墙内，门窗等进出口全部朝向城内，从外面看，家家户户的房子背面连成墙壁，蜿蜒曲折连绵不断，简单地说，把它想象成一座酷似巨大蜗牛壳的城市就不会错了。

话说回来，世上真有这种奇人会梦想住在贝壳里，不知心理学家会如何评价。帕利西就像一个小孩子，梦想自己能变得和玩具一样小，好钻进里面玩，在膨胀的小宇宙和凝缩的大宇宙之间的自由交感世界里活下去。幻想证明现实，现实印证幻想，是自律的想象力，才能让人从现实的正当中找到一个不可思议的交感世界。

帕利西之所以设计贝壳城，究竟是他原本就有欲望想住进壳里看一看，还是想不出更好的方案，才把眼光投到了贝壳上？这个疑问很难回答，就算他本人试图解释，也无法断言是先有幻想，还是现实先行。无论怎样，他还是园艺师，我们可以说他用螺壳原理设计出了一种遁世花园。

当时流行在庭院的岩山上修建一种称为"grotta"的石洞，帕利西有一个设想——将凹洞从顶部到底下遍抹陶土，再浇上陶釉，点火烧一个闪闪发亮的陶洞出来，就像贝壳内侧一样。不仅如此，他还费尽心思，想在洞的地下挖一条蜿蜒曲折的长廊，尽头深处连着房间，让结构也像贝壳的内部。不用说，洞之上的岩山部分要种树植苔，保持自然原貌。谁也不会想到山下洞穴里竟然有一个美丽的房间，更不会料到竟然有人想住在岩山肚子里。这样的岩山，就像一个加了伪装的贝壳，多么完美的隐身之处！

◎

帕利西毫无保留地发挥了他作为陶工和水力技师的惊人才华，在那位美第奇王后的杜伊勒里花园里，他接连设计出了彩陶人像柱、别出心裁的喷泉、宛如贝壳的山洞等。与帕利西几乎同时代的阿尔钦博托，想必也同样从妖异博物馆中获得了奇诡灵感，施展在了喷泉、人偶和旋转木马的制作上，满足了神圣罗马帝国皇帝对奇诡事物的嗜好。当时摆设在庭院里的人像，是带着逼真写实雕刻的陶质人像，极其华美。

据说，阿尔钦博托在音乐方面也发挥了奇绝天分，构思出用线条和色彩组成的记谱法。他在纸上写下各种颜色的点和图形，交给乐师们去诠释演奏。一天晚上，一位名叫蒙佐（Monzo）的年轻中提琴手看过他的彩色乐谱后，用大键琴做了一场精彩演奏，赢得满堂喝彩。如此看来，二十世纪的前卫音乐家也在做同样尝试，他们不过是在步阿尔钦博托的后尘罢了。

身为"模仿神的猴子"的艺术家，绝不会割舍对机械的兴趣，他们为新发明而废寝忘食，身影里蕴含着惊人力量。据说阿尔钦博托在水力学应用方面也曾施展过天才身手。从文艺复兴到十八世纪，在欧洲庭院各种娱乐设备里，喷泉的功用最为重要，达·芬奇也热衷过水力学。可以想象，喷泉这种应用了水力学的精炼玩物，在当时超越了实用性的范畴，进而变成了一种艺术表现形式。不过，喷泉等只是一种简单的水力应用，以希腊和阿拉伯人的技术传统来说，使用手动水泵、虹吸管或者蒸汽装置制作会动的人偶，或者会鸣叫的动物等，是很稀松平常的事。但巴洛克时代的人应用水力，为的是赋予人偶鲜活生动的表情，或让人偶做出生硬却连贯的诡异动作，他们倾注在机关人偶上的热情真是超出寻常。

与人等身高、露出谜样微笑的诡谲人偶，就这样进入了欧洲各国宫廷，被安放在庭院里。意大利、法国自然不用说，就连德国、奥地利、荷兰、斯堪的纳维亚诸国，也将机关人偶看作贵族花园中必不可少之物，与山洞、迷宫同等重要。根据帕利西的论述，即使是不会动的人偶，容貌姿势也酷似真人，甚至让造访庭院的访客们不由自主地过去打招呼。

◎

在应用水力制作游戏机械的作者里，比帕利西和阿尔钦博托年代稍晚的还可以举出不少，比如，在意大利费拉拉工作的建筑家乔凡尼·巴蒂斯塔·阿莱奥蒂（Giovanni Battista Aleotti），以及修建了著名的海德堡城堡的法国皇家工程师萨洛蒙·德·高斯（Salomon de Caus），这两个人都为这个领域带来了新创意。高斯写过一些关于镜子和日晷的研究著作，在一六一五年的《动力与各种机器的关系》（*Les raisons des forces mouvantes*）的第二部中，有很多关于石洞的描述，非常有意思。

书中带着插图，幽暗山洞的小舞台上，俄耳甫斯在弹奏竖琴，独眼巨人吹奏着牧羊笛，宁芙在侧耳倾听萨提尔吹奏银笛，维纳斯乘着贝壳破浪而来，大鸟笼四周群集着小鸟，这些运用了水力和齿轮连动原理的精巧人偶，动起来时场面华丽壮观，令观者无不叹服。

法国文艺复兴时期作家蒙田的《旅行日志》（*Journal de voyage*）中，也提到过同样装置的山洞，这位好奇心旺盛的《随笔集》的作者于一五八一年，造访了建在哈德良大帝蒂沃利行宫一隅的埃斯特别墅，在这个由阶梯、露台和喷泉错落组成的美轮美奂的庭园里，他连连惊叹。除保留至今的风琴喷泉的壮丽瀑布之外，在贝壳和石材营造出的山洞里，当时还放置了很多奇异的机关人偶，蒙田对此特别感兴趣，他兴致勃勃地描述过一只小鸟："如果鸮在岩石上忽然现出身影，小鸟就会立刻停止鸣叫。"

让流水从雕像眼珠、胡须和乳房中流出，可算当时流行的恶俗趣味之一。不仅如此，流水甚至从动物口中、耳朵和鼻孔中大量喷出，文艺复兴及巴洛克时期的庭园，可以说到处是丰沛水流，水声淙淙，水流是绝对主角。在埃斯特别墅庭园里，甚至还有狮身人面像，一侧乳房异常硕大，水流迸溅。

早在十五世纪，嗜好华丽的法国勃艮第公爵就特别喜爱这种流水机关，赫伊津哈曾提到，画家迈尔乔·布鲁德拉姆（Melchior Broederlam）在佛兰德斯的埃丹城堡"负责上色修理过一种可以朝访客泼水、弄得人满身尘埃的奇妙装置"。埃丹城堡不仅是收藏珍奇艺术品的宝库，也是勃艮第公爵的别墅，那里有机关人偶、蜡像、惊吓喷泉等各种娱乐装置，长时间里一直是王公贵族们的游乐场。其中有一个房间，描绘着金羊毛英雄伊阿宋的传说，为给故事增加神话气氛，还有装置模拟了美狄亚的魔法之力：电光、雷鸣、雨雪降。后来，佛兰德斯成为人偶和玩具的制造大本营，或许便源自这样的传统。

十六世纪末，法国波旁王朝初始的几位国王，也非常热衷"水装置"。著名的圣日耳曼昂莱宫里的石洞，正好是证据，让人知道迁宫凡尔赛之前的亨利四世及路易十三世有多么爱"水装置"。通往宫殿的坡道，由连续不断的美丽阳台构成，阳台拱门下并列着许多洞窟，里面有华丽的水力装置，制作这些的是佛罗伦萨出身的优秀水力工程师弗兰奇尼家族。无论是父亲托马索（Tommaso Francini），还是儿子弗兰切斯科（Francesco Francini），与其称之为工程师，不如说他们是艺术家。父子联手，做得一手漂亮活。若论豪华程度，能与此地媲美的，唯有罗马郊外弗拉斯卡蒂的阿尔多布兰迪尼别墅的"喷泉剧场"。圣日耳曼昂莱宫的洞窟美如梦幻，至今留下逸话，孩提时代的路易十三世特别喜欢在这里玩。

遗憾的是，这些洞窟没有保存到现在，版画家亚伯拉罕·博斯（Abraham Bosse）于一六二五年根据托马索的草图创作出的铜版画尚存于世，所以我们仍能身临其境般地看到神奇洞窟的内部。在那些名为"风琴之洞""墨丘利之洞""海神之洞"等富于变化的洞窟群中，我最感兴趣的，是"俄耳甫斯之洞"。在洞窟的内壁中，开着更小的凹洞，伴随着俄耳甫斯的竖琴声，羊、狮子、豹子和小鸟等动物一齐从凹洞中跑出，来到俄耳甫斯身旁，低伏在他脚下，树叶轻舞，小鸟鼓动羽翼，鱼和海兽们的嘴里气势如虹地喷出水柱。俄耳甫斯一曲奏完，小鸟们落在树枝上开始歌唱。远景里有大海，太阳徐徐升起，海中浮现绿岛，手捧王冠的天使出现在云端，擎矛的海神浮出水面，忽然间变天了！狂风暴雨，雷电交加，遇难的船只被冲打上岸。如此这般，洞中风景堪称千变万化。

人偶都是青铜像，洞窟内用烛台做灯光，雕像表情阴森诡谲，有时会在意想不到的时候将脸转向访客，并从口中喷出强劲水流，把人淋成落汤鸡。据说亨利四世非常喜欢这种孩子般的恶作剧。

总之，这些动作极其复杂的装置，其动力仅仅是经过力学计算的水流，可见弗兰奇尼家族有着多么令人惊叹的纯熟技艺。但是，水流机关若不花费高昂费用去管理维护的话，很快就会发生故障，或者锈住，所以保存至今的水机关寥寥无几。其中状况比较完好的，只剩下萨尔茨堡附近的海布伦宫的喷泉剧场了。

然而古典主义时代到来之后，庭院的形式发生了彻底变化，喷泉、洞窟和园林风格都把位置让给了更崭新、更正统的艺术概念，这点从凡尔赛宫可见之。机关装置、视觉错觉艺术和仿真主义被严密地排除在外，以古代雕刻为典范的纯粹形式主义艺术取得了全面胜利。另一方面，机关人偶的创作从艺术范畴中完全独立，成为一种手工业品，形式越来越精致，工艺越发复杂，就这样，慢慢地，变成了刻板无趣的东西。

我们无法想象那些"模仿神的猴子"会去高举"进步"旗帜，但"进步的神话"将以往不过是邪教崇拜物的机关装置高高推举进了正统宗教的神殿。所以，十八世纪以后的自动机关实在引不起我们的兴趣。

但是话说回来，简单总结一下十八世纪以后的游戏机械，也还是一件有益的事。《二十世纪拉鲁斯辞典》(*Larousse du XXe siècle*)里的"自动人偶"词条简便好用，就让我来引用一下：

> 十八世纪是机关人偶的时代，著名机械学者沃康松在他的青年时代，做出了不少"绝妙玩具"。譬如说，从柯塞沃克（Coysevox）的精美牧神像脱胎而来的"吹横笛的人"，人偶手指和嘴唇都能动，由此将空气送入横笛里，奏出各种音色轻柔的曲调。还有"鼓手"、现存于巴黎工艺学校里的"老妪"、马蒙泰尔（Marmontel）的戏《埃及艳后》中使用过的"毒蛇"，等等。他甚至还制作过一只"人造鸭"，这只鸭子会拍动翅膀，会游泳，会用嘴叼食饵，吞进谷粒，在身体中消化，通过肠道排泄出来。鸭子以发条杠杆及齿轮为动力，就像活的一样，至于它怎么消化谷粒，长期以来一直是个谜。到了一八四四年，负责修理这只鸭子的罗贝尔 - 乌丹（Robert-Houdin）在他的《秘话》一书中写到，被鸭子吞进嘴里的水和谷粒，直接落进了鸭子体内下方的盒子里。而那些被小心翼翼收集到银盘中，看起来就像消化排泄物的东西，其实是被气泵推出来的、上了颜色的黏糊糊的面包屑。

> 关于其他著名机关人偶，还有几个值得介绍，比如米卡尔（Mical）神父制作的"吹笛人"和"会说话的人头"、弗里德里希·冯·克瑙斯（Friedrich von Knauss）于一七六〇年在维也纳制作的"会写字的人造人"、来自拉绍德封的雅凯 - 德罗兄弟（Jaquet-Drozes）于一七八三年在法国和瑞士展示的机关人、来自雷根斯堡的机械学者梅尔策尔（Maelzel）在一八〇八年制作的由四十二个自动人偶组成的名为"潘哈莫尼康琴"（Panharmonicon）的乐团、里昂和康布雷的玩偶钟、施维尔盖（Schwilgué）于一八四二年完成的斯特拉斯堡大教堂天文钟，以及魔术师乌丹制作的"魔术师""走钢索的人""唱歌的鸟""会写字作画的人""神奇的橘子小贩""点心师"，等等。

以上种种，唉，十八世纪以来产业革命和市民社会的发展带来了"机械崇拜"的思潮，上面这些玩意儿，可说是思潮的怪异庶生子。

　　维利耶·德·利尔-亚当是个毒舌派，他对社会进步、资本主义和布尔乔亚民主论骂起来毫不客气，要是让他发表意见，他会说这些是"有着人类外形的傀儡"，他在《未来的夏娃》里借全能发明家爱迪生之口，说"沃康松、梅尔策尔和霍纳之流，顶多能做做吓鸟用的稻草人，他们做的自动人，一股子刺鼻的木头味、酸腐的油臭和马来橡胶味，除此之外一无可取，简直是丑恶的代表，如果放到惨不忍睹的蜡像馆里，倒是资格十足。这种不入流的骗人玩意儿，怎么能让人类觉醒呢，最多也就能催人向混沌之神低头罢了"。

◎

　　无论爱迪生怎么痛骂，至少在十六世纪末，矫饰主义时代的人偶不得了，用帕利西的话来形容，那便是表情姿态都和真人不差丝毫，以至于访客们会不经意地向人偶打招呼。这可不是"向混沌之神低头"，而是向"有着人类外形的傀儡"低头啊。

　　那些设置在庭院和洞窟里的人偶，看上去和真人别无二致，它们在用过分的写实风格吓唬观者，让人不安，使人发笑，诡谲而恐怖，这是它们的本来目的，不得不说，它们和作为艺术作品的雕像，在效果上是截然不同的。制作仿真人偶和蜡像的工匠才以酷似真人为目的，雕刻家不这样。法国的玛丽·杜莎（Marie Tussaud）夫人一八三三年在伦敦贝克街设立了著名的蜡像馆，展出了法国大革命的领导人像，牺牲者鲜血淋漓的样子也原样再现；日本松本喜三郎制作了西洋人和演员仿真像，在安政年间的江户浅草奥山开展示场，大受欢迎。在美术史或美术辞典里找不到这些人的名字。还有乔治·巴塔耶（Georges Bataille）赞赏过的法国画家克洛维斯·特鲁耶（Clovis Trouille），原本也是巴黎格雷万蜡像馆的技师。

在造型美术的领域里，如果将"写实"走到极端，反而会生出奇妙的扭曲感，这些人被正统艺术驱出门外，也不是没有道理。

矫饰主义风格人偶的精髓，简单地说，在于营造幻觉欺骗观众。巴洛克绘画特有的视觉错觉效果，在建筑、天花板壁画、园林造型上都有应用，当然，人偶也不例外。

这样的人偶，气氛或者恐怖或者幽默，是来自异世界的使者。也许，到了现代，大木偶剧场式[1]的视觉理论已随历史式微。然而，之后超现实主义艺术家们积极地运用了这种视觉错觉效果，到了马塞尔·杜尚那儿，他有一件作品，是把大理石做成的方糖放进鸟笼里，这种诈眼法是和上述种种一脉相通的。

讲到这里，我不禁想起《难波土产》开篇所载近松门左

① 19世纪末到20世纪中叶，巴黎的大木偶剧场，剧风荒诞，视觉效果华丽又恐怖血腥，此类风格被称为大木偶剧场风。

「人形、文字書くからくり」の図『璣訓蒙鑑草』より

「夷龍竹」の図『璣訓蒙鑑草』より　川村豊信筆

图出《玑训蒙鉴草》，川村丰信绘。

卫门的艺术理论《虚实皮膜论》中的一段，很抱歉话题忽然转到了日本江户时代。根据河竹繁俊所述，"一个宫女找人做了人偶，放在身边，人偶酷似她的恋人，形态和真人无异，不要说肤色光泽，就连脸上的毛孔、耳孔和鼻孔的形状，嘴里有多少颗牙都不差分毫"，以至于人像逼真得过分，宫女为之"毛骨悚然"，最后把它丢弃了。

大家都知道，近松的《虚实皮膜论》讲的是歌舞伎舞台论，他认为真正的"艺"，存在于真实与虚构之间的微妙缝隙里。那么，按照近松这个四平八稳的观点来看，看上去和真人一模一样的巴洛克人偶，其逼真性是向"真实"单方向推进而已，是猥琐之物，称不上艺术。近松用他的语言，清楚地阐述出了"模仿艺术家的猴子"为什么不是艺术家的道理。但是，比近松晚将近一百年的、走颓废路线的鹤屋南北，开创了类似巴黎大木偶剧场式的前所未闻的血腥恐怖风格，歌舞伎一直信奉的虚实关系论发生了大幅度转变。当然，后世发生了什么，近松是无从知道的。

◎

既然话题已经跳到了日本，那就顺便来看看江户时代关于游戏机械的奇书吧。我想说的，是刊行于享保十五年（一七三〇年）多贺谷环中仙所著的三卷本《拾珍御伽玑训蒙鉴草》。此书配着浮世绘师川村丰信的木版画插图，还加有变体假名的说明文，图解说明了一些实用机械和游戏机关的制作和使用方法。松之卷图解了各种机关的名字和用法，竹、梅两卷则是制法和内部构成图。

书中举例详解了三十种机械机关，其中有天神记僧正车之术、唐人吹笛、吹矢傀儡、弹三味线傀儡、写字人偶、三段后空翻的杂耍人偶等。比如夷龙竹机关，配图边上写着吆喝词："都来看！莫错过！本次的头彩乃是夷龙竹！水流倒转，从下往上流！敬请观赏！"周围看热闹的人做惊叹状："哎呀，水竟然倒流，又如大雨倾下，这是什么奇妙机关？！"这个叫作夷龙竹，可以营造出一种水一直在循环流动的幻觉，其实它就是一种水机关，水通过竹管引到上方，如雨落下，推动下方的小水车后，复又流入水槽，再一次被引流向上，如此循环。

其他机关，有些利用了发条，有些是真人在暗地里拉线牵引，还有一些则用了水银、砂和水等物理重量。同一位作家和插图者还有一本书，叫作《珍术散花袋》，全书两卷，也是享保年间刊行的。这本书介绍的是魔术戏法，"从水盆里变出一条龙""让屏风飘出魂魄鬼火""用一张纸顶起一贯钱①"等三十种戏法在书中被揭了底。

一般认为，机关人偶在日本的盛行，始于十七世纪以后，欧洲的简单机械技术在那时传到了日本。江户时代前期，机关人偶戏开始流行，机关人偶作为一种大众娱乐在日本广为流传。山田德兵卫认为，机关人偶戏到了宝历年间以后逐渐乏人问津，但人偶本身风格出现变化，并没有完全消失。到了文化年间（一八〇四至一八一八年），大型华美的娱乐表演开始流行，机关人偶也跟着登台演出。如此说来，另一本重要的日本机关人偶文献《机巧图汇》，是在宽政八年（一七九六年）问世的，刚好稍早于文化年间。在这本书里，相当详细地图解了"杂耍傀儡"和"端茶人偶"的内部结构。

但是，远比《机巧图汇》更早，有一本叫作《狗张子》的假名草子②，在书的第七卷里有一个故事，写到一个工匠制作了一个精巧的机关唐船，长三尺，幅宽五尺，把船放进池塘，船中人偶便马上活动起来，张帆奏乐，尽情狂欢。这个故事让我们知道，日本制作机关机械的技术自古就相当发达。也许，从玩耍灯笼人偶的室町时代（一三三六至一五七三年）开始，日本人的灵巧手指就已经在制作那些模仿各种风景和年节风俗活动的精细人偶了，世世代代，未有断绝。

好了，本国故事就说到这里吧。

◎

让我们把视线移回到十七世纪矫饰主义后期的欧洲。

还有一位古怪的游戏机械发明家也是我非介绍不可的。他就是瑞士的物理学家、数学家、博物学家、考古学家、语言学家、地理学家、神学家，同时身兼魔术师的阿塔纳修斯·基歇尔（Athanasius Kircher）。他还是维尔茨堡大学教授，是第一个解读了古代埃及石碑象形文字的人。

① 一千枚，约 3.75 公斤。
② 专指全书以假名写成的散文、故事，大多是面向大众的通俗作品。

这位全能学者，著有很多神秘学和埃及学方面的著作，我想在这里说的两三本书，正好是日本的《玑训蒙鉴草》那样带点孩子气的、充满魅力，并附有很多不可思议的游戏机械的插图的书。这几本书出版的时候，机械崇拜已经普遍被人接受，书中内容具有更新的实验性，记载的是被技术化了的魔法。

基歇尔在一六二四年刊行的《生理学》(*Physiologia*)中，有一幅名为"幻想时钟"(Horologium phantasticum)的画值得瞩目，那是一个水钟和日晷的混合体一样的奇妙机械，外形像碗，和开普勒的天文台一样朴素。它用透镜聚焦阳光，水受热膨胀喷涌而出，让小孔发出音乐一样的报时声。

自古以来，虽有众多魔法师制作过时钟，但从技术史来看，时钟正是被技术化了的魔法，机械装置里封存着永恒的时间，几乎可以说，时钟是矫饰主义精神的体现，是浮士德博士梦想的小小实现。

以基歇尔为代表的后期矫饰主义者们的实验性机械里，有着知性、讽刺等尖锐反映游戏性时代文化的众多要素，深厚有趣，汲取不尽。基歇尔的《生理学》第一卷，就像一本给欧洲各国宫廷和贵族沙龙准备的游戏机械目录册子，洗练、充满幻想和魔法情趣，反映了当时的时代尖端精神。基歇尔还是莱布尼茨的友人，关于自然和人类理念、试验和空想，他相信事物之间存在着不可思议的"前定和谐"。

基歇尔还是一位镜像及光学专家，他尤其热衷类似现代幻灯的镜像游戏。他是史上第一个给暗箱装上镜片并做

P. ATHANASIVS KIRCHERVS FVLDENSIS
è Societ: Iesu Anno ætatis LIII.
Hosart' à sheruerte ego sulpst it D.D. C.Bloemart Rome 2 Maii à. 1655

阿塔纳修斯·基歇尔的肖像。

基歇尔设计的一种音乐传声器,可以将屋外声音传
导到室内,让人以为声音是从雕像口中发出的。

图为基歇尔的火焰幻灯。

出类似照相机装置的人。我们在前面几次提到过十六世纪
那不勒斯魔法师巴蒂斯塔,基歇尔堪称他的后裔。

　　基歇尔幻灯的主要特色,是在镜片后燃起火焰。映照在
墙壁上的人影,就像坠入地狱一样被赤红烈焰吞没。另外,
他还构思出一件镜像机械,就像一种潜视镜,随着暗箱内部
的齿轮回转,太阳、动物、骸骨、植物、矿物等图像接连映照
在镜面上,又随之消失。

　　魔法和技术的微妙共通点,在于无形生出有形。镜子将

理念翻译成影像，钟表把时间翻译成机械运作，每一项自然科学领域的新发现，都在侵蚀魔法的旧地盘，同时也给魔法留下了一块可悄悄潜入的存身之地。

说到"无形生出有形"的原则，无疑，艺术的出发点和魔法、技术一样。在这种情况下，被同化为机械的艺术，让自律的王国濒临危机，同时，又不得不让自身永远带上魔法的气质。原本来说，技术和艺术，来自同一个语源。历史上，这样的危机曾几度侵袭艺术的王国，就是说，所谓的矫饰主义，是艺术危机发生后的产物。矫饰主义发展到极致，艺术的自律便受到威胁，也许，我们该称其为颓废主义。

古典主义从根本上认为，艺术家应该有以下伦理——所有美的事物都恰好存在于艺术的框架中，所有不必要的怪异部分、令人生疑的东西，都要从框架中剔除，不允许它们接近。但是，将人类从自我满足中拉开的，不正是技术吗？人类挑战神的武器，也只有技术。

如此说来，也许"进步的神话"拭去了人类的不安，慰藉并支撑了人类不安的生活，但并不意味着技术必然会宠坏人类，即使技术带来了慰藉，也带来了不安。技术从本质上说，是属于魔鬼的。"模仿神的猴子"这个词的真正所指，是那些明知技术是令人不安的恶魔之技，却依然投身进去的人们。只有他们才配得上这个词。艺术的自律小王国遭到侵袭，这件事的本质究竟是什么呢？那是人类的求知欲、求新求变的好奇心（也就是恶魔的召唤），身负着使命，促使人终将超越古典主义的框架，进军到更为广阔的大天地里。

制造酷似人类却非人类的存在、制造现实的精巧仿制品，是自古以来炼金术士们心底里的形而上学梦想。他们不畏偏离艺术的正途，用制作人偶的方式，小规模且廉价地实现了这个梦想。对他们来说，相比艺术性的愉悦，这种廉价的实现能带给他们更大的欢喜。

总之，矫饰主义时代的嗜好，不仅仅表现在制作人偶上。他们还在自然天地万物中，从动物、植物和岩石的形态上，执拗地寻找映照人类自己的形象，比如阿尔钦博托，在他的画中，人脸是由蔬菜、花朵和动物等组合而成的，他作为人像画家，走的却是用自然映照人类，并赋予讽喻的路。当时怪物嗜好和畸形学的流行，彻底去除了原本横亘在动物、植物和矿物三界之间的藩篱。

实际上，十六世纪欧洲的江湖小贩，就像古代中国的街头卖艺人，他们把变色龙和青蛙接到一起，做成潦草简陋版的神话怪兽巴吉里斯克和格里芬，再高价卖给有收集癖的贵族们。这是一种动物学上的置换法。另外，当时还流行寻找酷似人形的岩石、木

》
》
》

图为巴蒂斯塔的观相学。

纹和食物根茎，这是一种有讽喻意味的观相学，也是自然形态学，巴蒂斯塔和基歇尔都曾热衷过，也可以被看作后世的超现实主义摹拓手法的前驱。

如果说美与典范是古典世界的原理，那么，畸形学和混沌就是中世纪的原理，也是巴洛克主义的原理。那些中世纪的意象一度曾遭文艺复兴运动抛弃，但在巴洛克时期里被重新捡起了。这一点，从中世纪罗马式的石刻中便可看出，石刻上到处可见多头多脚的怪物，或脸长在肚子或屁股上的恶鬼。

马塞尔·布里翁（Marcel Brion）在《幻想艺术》（*Art Fantastique*）一书中曾说："畸形学是转换时期的突出嗜好，文明的交错，催生出混乱，给怪物的诞生提供了好环境。"如果用这句话形容二十世纪后的现代美术，也是令人深思的。我们所在的这个世纪，虽然经历了两次世界大战，但精神风土依然起着影响作用，所以才有从马克斯·恩斯特（Max Ernst）到让·杜布菲（Jean Dubuffet）那样的怪物诞生。

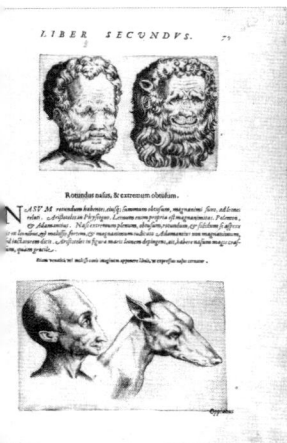

各个时代的颓废派，或大或小，都拥有该时代特有的机关人偶及游戏机械。这是我的见解，也是本文的主旨。

颓废是矫饰主义的一种显著标志，用我的话来说，就像本文开篇所说的，是"模仿艺术家的猴子"和"模仿神的猴子"双重构造式的精神上的欺瞒表现。欺瞒？是的，欺瞒的对象是神。

　　所谓矫饰主义，大概就是——即使经常遭到鄙视和轻贱，仍然能以最为感官享乐的方式表达思想的一种反向论证的艺术；一种对肉欲之美最贪得无厌的精神主义；一种将自然当作装饰、将创造当作游戏来理解的极端主观主义。

　　非常有趣的是，乔治·巴塔耶在《爱神之泪》中列举的情色画家们，几乎都是各个时代里的矫饰主义者。巴塔耶本人也说"情色触及了矫饰主义的本质"，他接着说道，"依我看，带着情色意味的全部绘画里，最充满魅力的，是被冠以矫饰主义之名的那部分。他们（矫饰主义画家们）委身于激烈的感官之中，热爱肆意任性的厄洛斯（天使）。古典主义蔑视他们"。

　　巴塔耶所言甚是。无论是机关人偶和游戏机械的作者，还是视觉错觉画和大木偶剧场，都一直被轻视为"难登大雅之堂的业余爱好者"，同样，在欧洲绘画史里，矫饰主义画家们（阿尔钦博托等人是其中最极端的代表）对于自己难以被正当评价这件事也不得不认命。这些艺术家对"模仿神的猴子"的头衔不满足，更要充当"模仿神的猴子的猴子"，他们试图用这种双重否定的奸计，直接骗取神的特权。他们得到的低评价，也许就是胆大妄为后应得的惩罚吧。

　　他们身上，有股骗子的可疑味道，真赝难辨，阴森诡异，那些被艺术避之不及的禁忌，他们却拿来当作得意之处（请回想近松叙述的人偶故事）。他们对物充满肉欲般的执念，过分追求细枝末节，就像街头的拉洋片，作风俗恶，生猛刺激，与猥亵只有一纸之隔。借用法国诗人罗贝尔·德斯诺斯（Robert Desnos）的形容，他们头脑发酵，就像被"直抵脑髓的情色"附体了一样。他们身上，既有知性而冷酷的精神主义的一面，也有亢奋到倒错、疯狂不可阻止的欲望的一面，两面等分融合在一起。用一句话来形容：他们像在以低级趣味为乐。

被巴塔耶命名为"现代矫饰主义"的超现实主义画家当中，典型的"以低俗为乐，并尽情展示低俗"的画家，我马上能列举出几位。

比如，对于马克斯·恩斯特，大家会毫不犹豫地认为他是第一流的画家，但如果说到克洛维斯·特鲁耶、保罗·德尔沃（Paul Delvaux）、拉比斯（Labisse）、恩里科·巴伊（Enrico Baj）、巴尔蒂斯（Balthus）、勒内·马格利特（René Magritte）、松嫩施特因（Sonnenstern）等人，恐怕"第一流"这种赞誉就没人敢说出口。他们因为离经叛道，多少有点怪异可疑的味道。

顺便说，他们之中还有一位装置设计师，对人偶有狂热兴趣。这点更加佐证了我前面的主张。他行超现实主义之事，是为了确证自己是十足的矫饰主义者，这位偏执的画家，名叫汉斯·贝尔默（Hans Bellmer）。

用关节连在一起的腿和身躯，身躯在正中，上面和下面都是脚。从高高抬起的腿的缝隙中可窥见女人的头部。或者,那里干脆没有头,只是一个深凹的排泄孔。大部分人偶是裸体,少数穿着内裤,有些套着丝袜或者单袜,都因为关节扭曲而呈现出痉挛抽搐的样子,他的作品堪称生猛刺激的情色主义。

◎

艺术命中注定要越出艺术的常轨,这一点应该花更多篇幅去讨论但我更要强调的是，越轨的契机，是评论和批判，也是情色主义。

巴塔耶说："表现方式的分寸，指的是——面对所有无法永存的东西，至少是让人觉得不该永存下去的东西，除'恐惧'之外，感觉不到其他任何意义。"

这里的"无法永存的东西"，具体而言，我认为是情色主义。

艺术中的情色，是潜藏在古典主义内部的破坏性毒素，

一旦毒素浮现在作品表面上，作品便从古典主义变成巴洛克，或者矫饰主义，最终越走越远，变成"猥亵"。

"是艺术？还是猥亵？"之所以有这种二律背反式的提问，要么，是看不到艺术自身带有本质性的危险倾向，

　　要么，就是一句漂亮话而已。

更应该说，

"艺术从猥亵出发（诞生），终于（死于）猥亵"的论点，

才更切中艺术的本质。

只要再越雷池一步，就和猥亵没什么两样——这种旁门左道的艺术作品深深吸引了我。那些艺术家，对用艺术性的感动打动观众毫无兴趣，反倒费尽心思试图在感官肉欲上让人亢奋，

和近松的人偶故事一样，他们不是"模仿神的猴子"的正统
艺术家，而是"模仿神的猴子的猴子"的邪道艺术家。

/ 关于荷姆克鲁斯 /

人造人有两种，一种是机器人造人，一种是纯粹的化学性的人造人。荷姆克鲁斯是化学式人造生命，代表了人类试图在实验室蒸馏瓶里创造生命的梦想。从历史的角度看，此梦想源自犹太教和诺斯替主义的卡巴拉思想和炼金术理论。关于荷姆克鲁斯，虽然大多是民间传说，是魔法迷信，但信以为真的炼金术士，绝不是少数。

中世纪有相当多的记载，当时的炼金术士虽没有造出真正的人，却成功造出过小动物和昆虫，还有记载说，当时有人试验过赋予毒参茄的人形根茎以真正的生命。比利时人范·赫尔蒙特（Van Helmont）自称"火的哲学家"，继承了帕拉塞尔苏斯的思想，曾留下过配方，记载了怎么从谷物和罗勒里造出一只老鼠。大家想想，这些例子是人类在夺走神的造物奥秘，对天主教来说，岂非莫大亵渎？著有魔法书籍《被诅咒的科学》（Les Sciences maudites，一九〇〇，巴黎）的儒勒·德拉修 这样写道："如果炼金术士在实验室里成功造出一个理想伴侣，那该是多么了不起的胜利，他们该有多欢喜。"

话再说回十六世纪的帕拉塞尔苏斯，他既是医生，也是占星术和魔法大师，他似乎真心相信人能造出荷姆克鲁斯。他认为，不要女性帮忙，只要利用男性精液的腐坏现象，就能造出人来。

　　他在著作《论物性》（De natura rerum）一书中写道："把男性精液放入蒸馏瓶里密封四十天，精液逐渐腐坏，明显开始蠕动，之后，会渐渐形成人体的形状，同时又是透明的，没有什么实体。但如果用人类血液精心培养这个新生物，在与马子宫等温的环境里保持四十周后，新生物就会变成活生生的小孩，就像刚从女性肚子里生出来的一样四肢健全，但是，它极其小，直到长大出现智能之前，都必须得到无微不至的细心照料。这个人造人，正是神启示给负罪该死的人类的最大奥秘之一。这个秘密始终存在于人类社会之外，但是，像半兽人和宁芙等，自古以来就广为人知，就是说，它们才是这个生成物的祖先。为什么这么说呢？因为小人长大到成年阶段后，有的会变成巨人，有的会变成矮人，人们用技术可以赋予它们生命、肉体、鲜血和骨骼。它们从技术中诞生，先天注定是技术的集合体。所以，它们不需要人类的教育，不如说，它们拥有教导人类的资格，因为，它们就像庭院里的玫瑰，从技术中诞生，用技术维持生命，它们是超越人类的存在，更接近精灵。"

　　帕拉塞尔苏斯在此之前还著有一本《论子宫》（De matrice），在书中强调了男性和女性在肉体上的差异。据他说，子宫是一个封闭世界，是原初生命力（Archeus）的栖息之地，女性之所以被创造，是为了将这个世界保持在她们体内，女性是和男性本质上截然不同的小宇宙。用他的话来说，"女性就像支撑果实的树，男性则是被树支撑的果实"。所以他认为，如果把创造性的男性精液移放到类似女性肉体的环境里，即使不借用女性身体，也能以人工方式创造出生命。传说，他真用自己的精液实际造出过荷姆克鲁斯。

请大家回想一下歌德《浮士德》的第二部，其中有个情节，浮士德的弟子瓦格纳在玻璃瓶中调和了物质，造出了荷姆克鲁斯。歌德爱好阅读魔法和炼金术书籍，显然他从帕拉塞尔苏斯的书中获得了灵感。

在戏中瓦格纳说："男女交媾生儿育女虽然依旧流行，我们却说那是无聊的恶作剧。即使动物会继续热衷此道，天生禀赋的人类将来一定会有更高尚的来历。人们连声赞叹的古来造化的秘密，我们却敢以理智去试行，原本是自然的行为，而我们却要使其结晶。"

这些炼金术士心中创造人类的炽烈梦想，在二十世纪科学万能主义者眼里看来，是不值一哂的吧。虽然保存在玻璃容器内的男性精液可以在一定时期内保持活性，但是，只靠男性精液就想大造活人，无论如何都不可能。关于生殖，近世有两种说法，一种是男女两性生殖液结合论，另一种更看重男性精液的作用，认为女性只是给精液提供了营养而已。帕拉塞尔苏斯是后者的极端提倡者。不用说，从现代科学来看，他的说法明显是谬误。

但同时，还有一种解释，在炼金术的世界里，荷姆克鲁斯是一种象征。就是说，荷姆克鲁斯是"金属的胎儿"，是将所有金属转化成黄金的点金石的别称，难怪在炼金术理论书籍中，经常能见到水银或硫磺等物质，被描绘成头戴王冠的国王或女王，如此一来，荷姆克鲁斯也能解释得通了。但是我觉得，创造生命是秘教（Esotericism）的核心追求，不尽然是象征。事实上，他们的梦想是让不可能之事成真，一件事越是不可能，他们实现的欲求就越强烈。而且，从科学的角度看，只是把卵子移植到子宫以外的地方的话，帕拉塞尔苏斯的理论也不是完全的迷信妄想。

还有其他理由可供佐证。说到地球上生命起源的问题，即使搬来进化论和巴斯德（Pasteur）的生源论（biogenesis），也有解释不通之处。认为生物体是从无机物中自然产生的自然发生论，近年来也被重新关注，克劳德·伯纳德（Claude Bernard）坚信，在这个自然界中，一定还潜藏着无数未知的生命形态，只是与其相配的生存条件尚未实现。在他看来，人类合成物质制造生命这件事，并不是不可能的。

另一方面，法国著名生物学家让·罗斯丹（Jean Rostand），在最近的著作中，论及人类未来的性行为模式，他说："因为有了人工授精技术，受孕和爱的动作及播种行为已是两回事，精子卵子的结合和肉体性接触，已经变得毫无瓜葛。十八世纪德国浪漫诗人诺瓦利斯（Novalis）曾说，小孩是'看得到的爱'，但现在这个说法不见得能成立了。尽管如此，生物学对人类生殖方式进行的改革，现在只进展到第一阶段，前路尚漫漫。如果把精液混合甘油做成罐头冷藏保管，甚至有可能诞生出几百年前男人的小孩；倘若卵子能够移植，女性有望借用他人子宫生孩子；人类将能够随心所欲地完成无父生殖、胚胎分馏、人类的截肢插

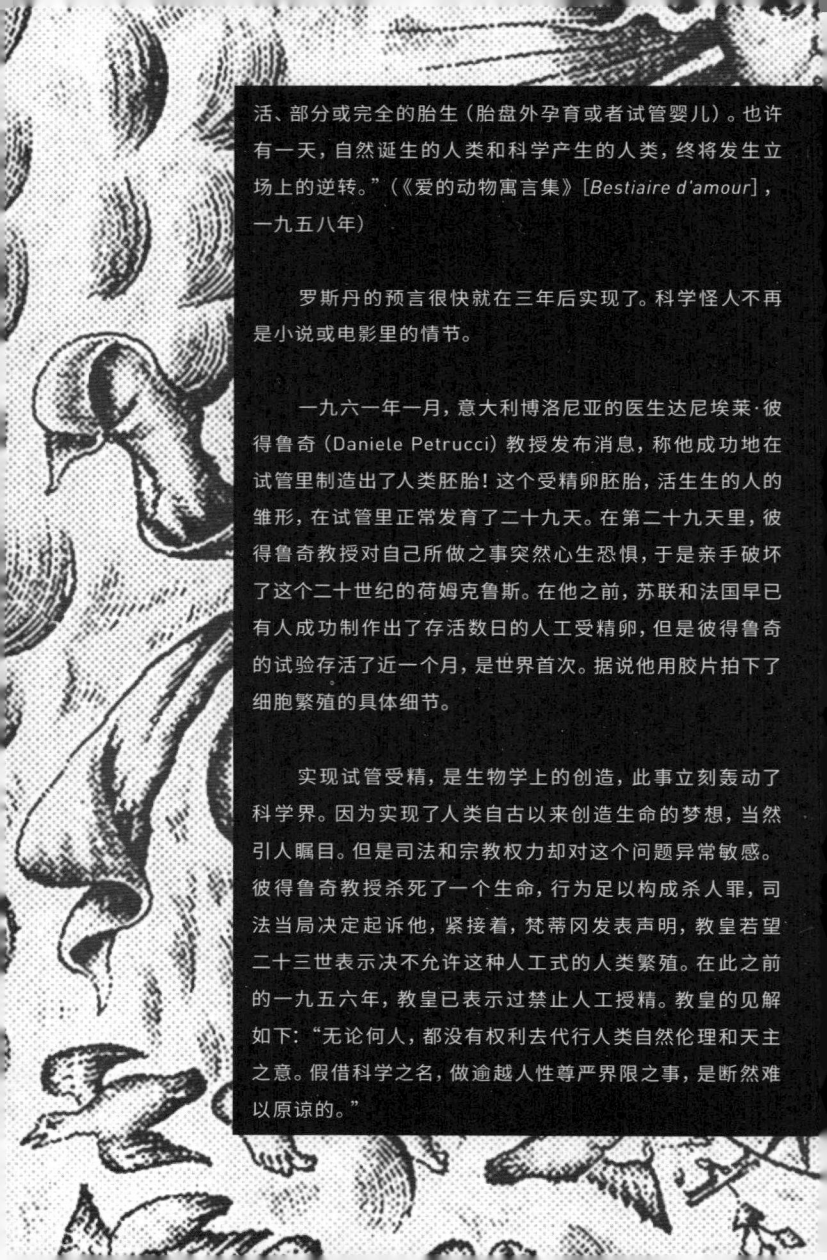

活、部分或完全的胎生（胎盘外孕育或者试管婴儿）。也许有一天，自然诞生的人类和科学产生的人类，终将发生立场上的逆转。"（《爱的动物寓言集》[*Bestiaire d'amour*]，一九五八年）

　　罗斯丹的预言很快就在三年后实现了。科学怪人不再是小说或电影里的情节。

　　一九六一年一月，意大利博洛尼亚的医生达尼埃莱·彼得鲁奇（Daniele Petrucci）教授发布消息，称他成功地在试管里制造出了人类胚胎！这个受精卵胚胎，活生生的人的雏形，在试管里正常发育了二十九天。在第二十九天里，彼得鲁奇教授对自己所做之事突然心生恐惧，于是亲手破坏了这个二十世纪的荷姆克鲁斯。在他之前，苏联和法国早已有人成功制作出了存活数日的人工受精卵，但是彼得鲁奇的试验存活了近一个月，是世界首次。据说他用胶片拍下了细胞繁殖的具体细节。

　　实现试管受精，是生物学上的创造，此事立刻轰动了科学界。因为实现了人类自古以来创造生命的梦想，当然引人瞩目。但是司法和宗教权力却对这个问题异常敏感。彼得鲁奇教授杀死了一个生命，行为足以构成杀人罪，司法当局决定起诉他，紧接着，梵蒂冈发表声明，教皇若望二十三世表示决不允许这种人工式的人类繁殖。在此之前的一九五六年，教皇已表示过禁止人工授精。教皇的见解如下："无论何人，都没有权利去代行人类自然伦理和天主之意。假借科学之名，做逾越人性尊严界限之事，是断然难以原谅的。"

这次教会虽然没有准备火刑台，但面对科学家们纯粹的科学探索态度，他们采取了露骨的对立姿态，态度之苛烈，与在中世纪对待炼金术士和宗教异端几乎没有两样。对此，彼得鲁奇教授发言："如果我受到道德迫害，为了研究我愿意远走他乡。"接着，他又辩解说："试管内的胎儿，虽然具有生物学意义的生命，但并未拥有精神生命和灵魂，因为它诞生于实验室，而不是一般家庭，所以，它只不过是一个生物学上的标本。"他的说法虽然接近诡辩，同时也是巧妙借口，至于教皇有没有听进去，就不得而知了。

　　众多学者纷纷拥护彼得鲁奇，但罗马的一家报纸却登载了言辞激烈的抨击文章。彼得鲁奇原本任职的博洛尼亚医院决定将他免职，宗教界的批判之声也甚嚣尘上。最后彼得鲁奇教授远走巴黎，在巴黎医学界和生物学界面前，公开了他的实验结果胶片，但大部分人对此表示怀疑，甚至有人嘲笑他，就像过去帕拉塞尔苏斯、麦斯麦（Mesmer）和弗洛伊德遭到因袭守旧的学界驱逐一样，佩得鲁奇教授也被完全漠视了。据说，这群巴黎的学者中，前文提到的让·罗斯丹，对胶片产生了特别兴趣。

　　中世纪的荷姆克鲁斯，就这样成为科学中的真实存在。浮士德、阿格里帕和帕拉塞尔苏斯的梦想，终于在现实中得到了印证。

/ 关于古斯塔夫·梅林克的
小说《魔像》/

082
/ 083

关于这本小说，卡夫卡曾这样说过："作者精彩而明确地捕捉到了古老布拉格犹太人街的氛围。那些阴暗角落、秘密通道、假窗、藏污纳垢的中庭、嘈杂的小酒馆、门窗紧闭的小旅馆，一如既往还活现在我们心中。我们走在新城的宽阔街道上，步伐和眼神却含糊不定，就如同依旧置身在窄巷和古老贫民窟，内心战栗不已。在我们心中，不健康的古老的犹太人街远比四周清洁而崭新的街道更真实，我们清醒地走在梦里，就像旧时代的亡灵。"

　　　　　　——选自古斯塔夫·雅诺施（Gustav Janouch）的
　　　　　　　　《与卡夫卡对话》（*Conversations with Kafka*）

/ 关于亚历山大里亚时代 /

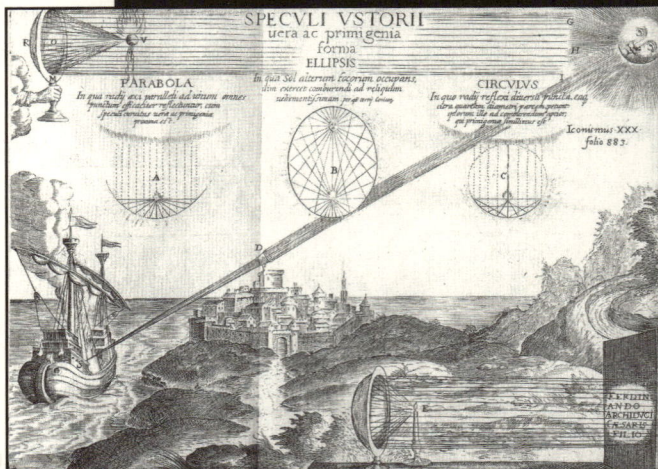

阿基米德的
凹透镜实验图，
罗马，1646 年。

亚历山大大帝征服世界的霸业虽然未成，但之后的几世纪里城市依然极尽繁华，那段时间被称为"亚历山大里亚时代"。在某种意义上，那个时代充满活力，非常有趣。

这个时代在我眼里，有时是一张精细的天体图，有时是收藏了万卷莎草纸文本的巨大图书馆，还有时，是反射阳光的凹面金属镜，阿基米德用它烧毁了停泊在叙拉古的罗马船队。

不管怎么说，这个时代在科学、专门技术以及宗教、哲学方面的发展令人震惊，而一般民众基础教养匮乏，处于蒙昧状态。落后与发达既不相称，又微妙地保持着平衡，像一只丑陋的巨大野兽，在我们看来，亚历山大里亚时代，有很多地方酷似二十世纪后半期的现代。比如，阿基米德那句有点孩子气的豪言，"给我一个支点，我能撬起整个地球"，与现代物理学者似与魔鬼成交的破戒无惭色的发言"人类现在拥有的核武器已足够毁灭整个星球"，在某种意义上何其相似。

以此类推，与二十世纪加加林进入太空、人类登上月球意欲征服宇宙相对，亚历山大里亚时代里，有波昔东尼（Posidonius）的地理学大旅行、托勒密的天体观测和天体图的制作。现代有氢弹、燃烧弹、远程导弹等大规模毁灭性武器，那时则有克特西比乌斯发明的压缩空气大炮、投石机和用凹面镜发出的杀人光线。现代有面目可疑的精神镇定剂、抗组胺药和毒品的流行，那时有迷信的魔咒疗

》
Mithridatium，米特里达梯六世时的解毒药，含有鸦片、没药、番红花、生姜、桂皮和蓖麻成分，后传到罗马，改良发展成为"万能药"（theriaca），经由丝绸之路传到东方，《旧唐书》中记载为"底也伽"。

法（诺斯替教徒的咒语和护符治疗法）、米特里达梯的解毒剂和炼金术秘方。现代有发源于黑人后流行到全世界的猥杂舞蹈以及爵士乐，那时有来自东方的狂躁秘教音乐。以上等等，古今相对应的例子不胜枚举。甚至，稍微调整一下视角会发现，那时的两大强国塞琉古王朝（叙利亚）和托勒密王朝（埃及）之间的对立争端，正好让人联想起二十世纪美国、苏联两大势力。失去祖国后流亡到亚历山大里亚城的希腊人，在学术领域拥有巨大却不声张的势力，就像第三帝国灭亡后德国人移居到美国和苏联，至今仍在火箭技术、哲学、社会学等领域发挥巨大影响。

现今和亚历山大里亚时代，相隔虽然久远，但拥有相通且特有的文化特征——均一化、规格化和国际化。诸教融合不仅发生在宗教和意识形态方面，也慢慢渗透进社会生活的各个角落，用现在的话说，就像放射能一样无所不入。我对诸教融合现象非常着迷，这是什么呢？我总觉得是新而强大的绝对主义一元统合世界之前，难以承受的、不安的、无尽的，濒临崩溃时令人毛骨悚然的过渡期里所特有的现象。

技术卖身给权力，自然经由人手后，其中一部分膨胀到丑恶诡异。看看亚历山大里亚城里壮观的图书馆、博物馆、动物园、愚昧市民自豪而敬仰的法罗斯灯塔、用死刑犯做活体解剖的医学院，这些例子很容易让人联想起核爆实验的诡异景况。普鲁塔克（Plutarch）对阿基米德的技术作出过以下评价，"力学就这样从几何学中分离出来，被哲学家轻视，只有作为一种军事技术，才能守住些许地位"。如他所言，对亚历山大里亚时代的精神而言，穷究事物本质的态度反倒成了细枝末节，那个时代更重视罗列和分类，以及对极端功利主义的实践。

比如柏拉图的哲学探求对象是宇宙全体，而在亚里士多德看来，哲学只是一种巨大的知性道具，从伦理学开始到生物学为止的诸学科需要统合到一个体系里，而哲学，便是统合手段。这种把知识细分化、实用化的过程，和雅典这个民主的、贵族的城邦的崩溃过程是一致的。汤因比说，亚里士多德"和寄居蟹没什么两样，可以从这个寄居过的社会贝壳里脱身，溜进另一个贝壳里，不会感到任何不快"。（语出《希腊精神》[Hellenism: The History of a Civilization]）

将亚里士多德学派奉为典范的亚历山大里亚的学者们，在哲学、自然科学和人文科学上，细分化和实用化的倾向更加明显。另一方面，托勒密王朝在亚历山大里亚创立了缪斯神庙，定位为全希腊的科学以及哲学研究之中心，统管各个学问领域。随着城邦的没落，雅典不仅失去了政治主导权，也丧失了精神中心的地位，将所有专业学问的主导权，拱手相让给了如今希腊化世界里最富裕的城市、文化及贸易中心，埃及海港城市亚历山大里亚。

就这样，亚历山大大帝的征服霸业带来了希腊文化的新体制，过去在其他古老城邦被压制禁锢的各种世界性文化，纷纷在亚历山大里亚绽放花朵。建筑家狄诺克拉底（Dinocrates）设计的亚历山大里亚城，道路平行交错如棋盘格，道路下挖有下水道，和近代都市非常接近。交汇在市中心的两条主要大道，宽近百英尺　，路两旁立柱整齐排列，城东有太阳之门，西侧有月之门，延伸开的防波堤把

《
1 英尺约为 0.3 米。

城市和法罗斯岛连在一起，岛上矗立着被称为古代世界七大奇迹之一的灯塔。据说塔高近四百英尺，像巴比伦塔一层连着一层，巍然耸立。塔顶安置着巨型火桶，熊熊火焰永无断绝，火光被巨大镜面反射开，直到三百英里外的远海也能看到。

» »
1英里约为1.6公里。

而缪斯神庙，就像一个综合大学，托勒密二世费拉德尔普斯（Ptolemy II Philadelphus）设立的两大图书馆，也附属于神庙下。模仿雅典诸哲学学派的做法，学者们在神庙内共同起居生活，国费支持他们进行学术研究。图书馆不仅网罗收集了各种文献，同时还制作了文献目录，据说文献超过七十万卷。书籍用的莎草纸，成为埃及的专利，学者们的各种著作变成数量庞大的书籍，从亚历山大里亚传播到整个希腊世界。为了学术研究，缪斯神庙还增设了动物园、植物园、天文台和物理化学实验室。在城内，则有其他巨大设施，包括皇宫、亚历山大大帝陵墓、塞拉匹斯神庙、竞技场、公园和剧场。

这样一个世界的智慧中心，一个穷极奢华的城市，自然吸引来了大批学者、诗人、科学家、医师、学生和商人，因为无论是移民还是外国人，在这里都有均等的成功机会。希腊的天文学者可以和巴比伦同僚共同研究学问，图书馆开放给欧洲人，也开放给东方人。亚历山大城各族居民混居在一起，多元而杂沓，希腊人、犹太人和埃及人人口数量几乎相当。而希腊人在科学方面的天分、犹太人的爱幻想的性格与埃及和东方的神秘主义完全糅合在一起，地中海及东方诸神的神殿遍布城中，市民们得见各种狂躁又残忍的仪式。希腊语虽因此成为世界通用语言，然而掺杂了各地方言，民众的言辞失去了原有的优雅。

公元前三世纪及前二世纪时，学者们对科学的热情似乎代表了亚历山大里亚的时代气质，但在公元前二世纪之后，占星术等伪科学渐渐占据学者们的灵魂，到了公元后最初的几个世纪，又被更加激烈的神秘主义宗教取代。这时，在希腊化时代杂糅相交的哲学和宗教的影响下，医学、冶金学等实用性知识开始发生关联，由此，诞生出了炼金术的初步理论。而纯粹哲学思想，譬如柏拉图主义，开始出现了希腊式科学与犹太式神秘主义综合化的倾向（海涅曼[Heinemann]将新柏拉图主义创始人普罗提诺[Plotinus]的宇宙观命名为"亚历山大里亚学派的世界图示"）。四百年之后，世界对知识的关心，几乎完全转向了基督教神学。

关于亚历山大里亚时代的科学巅峰时期，我想简单罗列一些人名。先说医学，有亚历山大里亚医学院创始人、堪称人体解剖学之父的希罗菲卢斯（Herophilus）以及埃拉西斯特拉图斯（Erasistratus）。数学方面，著名的欧几里得著有《几何原本》，阿波罗尼奥斯（Apollonius）为后世留下了《圆锥曲线论》（*Conics*）。物理学方面，有无人不知、无人不晓的万能发明家阿基米德。应用力学方面，克特西比乌斯利用空气压缩原理制作了大炮和众多机械美术品。他的继承者希罗是气体力学大家。地理学方面，有制作了世界地图的亚历山大里亚图书馆馆长埃拉托色尼（Eratosthenes）、四处游历的斯特拉波（Strabo）和著有《大洋说》（*De oceano*）的波昔东尼。天文学方面，萨摩斯岛的阿利斯塔克（Aristarchus）堪称日心说始祖，尼西亚的希帕霍斯（Hipparchus）做出了最早的恒星图，还有克罗狄斯·托勒密，集前人功业之大成，写出了古代最浩瀚的天文学著作《天文学大成》（*Almagest*）。最后，是炼金术领域，首先有外号"贤者之王"的埃及人佐西莫斯（Zosimos），还有他的妹妹提奥赛比亚（Theosebeia）、发明了名为"蒸馏皿"（Kerotakis）的加热循环装置的犹太女人玛利亚（Mary the Jewess）、利比亚托勒密城主教昔兰尼的叙涅西乌斯（Synesius），以及写下西罗马帝国历史的底比斯的奥林匹奥多罗斯（Olympiodorus）等人。

《
《
图为发明加热循环装置的犹太女人玛利亚。

在后世看来，新柏拉图派女哲学家希帕蒂娅（Hypatia）被杀害，象征着希腊科学文化的衰落。希帕蒂娅是希腊哲学和数学教师，四一五年在亚历山大里亚城被指控为异教学问代表，横遭基督教徒残忍杀害。在她遇难之前，罗马皇帝狄奥多西（Theodosius）就曾下令破坏塞拉匹斯神庙和大图书馆（图书馆在公元前一世纪凯撒时期战争中已遭烧毁，后又重建），学者们不得不去雅典避难。当时，时代正在转向，进入一神教统治。传统科学和炼金术被流亡学者带回雅典，后被拜占庭修道士们继承。西罗马帝国的崩溃，导致亚历山大里亚重要命脉的商业由此衰微。到了六一六年，波斯萨珊王朝的霍斯罗夫二世占领亚历山大里亚，到了六四〇年，占领者又变成阿拉伯人。由此，一座极尽繁华的城市行至末路，法罗斯灯塔被阿拉伯人破坏，再无迹可寻。

但是，亚历山大里亚，这座炫耀过无尽财富的古老城市，败德和颓废之城，希腊世界的中心，托勒密王朝的首都，克利奥帕特拉（Cleopatra）和安东尼（Antonius）的恋爱舞台，至今仍保有不可思议的生命力，永存于世人心中。或许，我们可以效仿汤因比教授，称它为"希腊文化的巨大亡灵"。《亚历山大里亚四重奏》（*The Alexandria Quartet*）的作者劳伦斯·达雷尔（Lawrence Durrell）写道："一座远古之城，带着所有的残酷，建立在沙漠和湖泊之上。以建造者的陵墓为轴，记忆中残留的道路延伸向四方，仿佛海星的手臂。一路走下去，足音回荡在记忆里，被遗忘的场景和对话迎面而来，从墙壁，从咖啡店的桌子，从紧闭的屋门，从缝隙中露出的破裂剥落的天花板。亚历山大里亚，这个公主，这个娼妇，帝王之城，世界的屁眼。各个种族有如葡萄酒桶里的汁液还在沸腾翻滚着，她就不会改变。这种种热情、恶意、激愤、突然的冷静，在发酵，迸溅在道路和广场上，就不会改变。"

090 / 091

/ 关 于 怪 物 /

十五、十六世纪里带着木刻版画插图的怪物故事大为流行，溯其源头，是中世纪的动物志、更久远的斯特拉波的旅行记、老普林尼的《博物志》（*Naturalis historia*）。这些怪物故事与其说是对自然和社会风俗的客观考察，不如说是出于癖好的猎奇志异。虽说记载和事实有很大出入，甚至荒唐无稽，但依旧是文化史和美术史上不可小觑的珍贵资料。就像炼金术发展成现在的化学，这些书籍中对怪物的分类和描述，也可视为近代动物学的发端。现实和传说交错互补，促进了博物学的发展。

中世纪的动物志，其实是一种使用"比拟类推手法"的象征学，就让我们从数量众多的作品中挑选几个有趣的来看。

其中最著名的，是十二世纪诗人菲利普·德·塔翁（Philippe de Thaon）的《动物寓言集》（*Bestiaire*）。索尼耶（Verdun Louis Saulnier）说此书"记述了三十六种动物，其中有常见的动物（蚂蚁、狐狸）和外国动物（狮子、大象），以及一些不明之物（驴人）。塔翁描述了动物的奇妙习性，比如大象要依靠树木睡觉，所以如果要捕捉大象，把树砍倒就好；母狮子如果生下死胎，三天之后发出吼叫之声，就能让小狮子苏生。同时，塔翁还在动物身上加诸道德解释和隐喻，小狮子象征死后三天复活的耶稣"。而半人半兽的驴人（Onokentauros）当然是幻想中的野兽，onos 意为驴子，kentauros 是希腊神话中的半人半马怪兽，驴人自古以来被人相信是真实存在的，所以，也常出现在十五世纪的怪物故事里。塔翁这本书也有原型，那就是二世纪时出现在亚历山大里亚的《自然史》（*Physiologus*），《自然史》里记载了一些空想怪兽及其神学象征，此书在中世纪时，以惊人速度广为流传，被翻译成各国语言，给中世纪造型美术带来很大影响。此外，塔翁的书还受到前代的索利努斯（Solinus）、老普林尼、塞维利亚的伊西多尔（Isidore of Seville）、安波罗修（Ambrose）以及出现在九世纪的奇谈故事集《怪物之书》（*Liber monstrorum*）等的影响。

但丁的老师、佛罗伦萨的布鲁内托·拉蒂尼（Brunetto Latini）著有一本《宝典》（*Li livres dou tresor*，约一二六五年），是一本涵盖哲学、历史、修辞学、地理学和博物学的百科全书式的书籍，后人认为但丁《神曲》的构造便是受到了此书的暗示。《宝典》凌乱汇集了古代欧洲和东方的知识，很多故事荒唐无稽，书中穿插着传统的 T 型世界图，印度被描述为"地上的乐园"，在乐园里，栖息着绿人、无头人、食父之人和狗头人，等等。但书中并没有提到什么怪物。

在百科全书盛行的十三世纪里，还有几部值得注目的书籍，比如神职者纪尧姆（Guillaume Le Clerc）的《神圣动物寓言集》（*Le Bestiaire divin*）和里夏尔·德·富尼瓦尔（Richard de Fournival）

《
神职者纪尧姆的《神圣动物寓言集》。

TO 地图，一种欧洲中世纪世界地图，陆地部分为欧洲、亚洲、非洲三大洲，从中分隔三者的河流或海洋呈拉丁字母 T 状，所有陆地则被一个 O 形大海所包围。
《
《
《

的《爱的动物寓言集》。前者残存着陈腐的教化意味。比如，把脚踩毒蛇的鹿视作踩踏魔鬼的基督，以啄开自己胸部用鲜血喂养雏鸟的鹈鹕来比喻背负十字架的救世主。而后者，则是充满骑士精神的纯美爱情故事。自我牺牲的滴血鹈鹕在这本书里，被比喻为勇敢示爱、让恋人重现笑颜的美丽姑娘。书中还出现了鸵鸟、鲸鱼、独角兽、鳄鱼和海蛇等动物，但鲜少提及空想怪兽。

十三世纪末，有神圣罗马帝国皇帝腓特烈二世的《驯鹰的艺术》(*De Arte Venandi cum Avibus*)。十四世纪，有法国弗瓦伯爵加斯东·腓比斯 (Gaston Fébus) 的《狩猎之书》(*Livre de chasse*)，在当时都广为流传。前者汇集了九百多种鸟类，可以说"清一色是鸟"，而后者，则"清一色是狗"。

十三世纪时，康提姆普雷的托马 (Thomas of Cantimpré) 写了《物性之书》(*Liber de rerum natura*)，之后，奇想天开的怪兽开始登场。这本具有独创性的怪兽之书，开创了动物志历史的新纪元。接下来，就让我们以立陶宛诗人巴特鲁萨伊蒂斯 (Baltrušaitis) 的《幻想的哥特》(*Le gothique fantastique*) 为蓝本，来循序探访一下从十二世纪到十七世纪的怪物故事系谱。

康提姆普雷的托马的《物性之书》有各种各样的抄本，十三世纪末乃至十四世纪初，埃丁根的一位修道士的法语抄本里，有一部分是《怪人之书》。十五世纪普罗旺斯的抄本里，配着大量描绘巨人、独眼巨人、独脚人、龙、飞马、独角海兽、海豹的惊悚插图。所谓的独脚人 (skiapodes)，是传说栖息在利比亚的单脚种族，skia 在希腊语中意为影子，

podes 是脚。据老普林尼描绘，此族人的脚非常巨大，睡觉时脚会像伞一样遮住头部，以防日晒。《物性之书》的其他有名抄本还有波希米亚抄本和布鲁日抄本。

用德语写成的第一本怪物故事，是康拉德·冯·梅根伯格（Konrad von Megenberg）的《自然之书》（Buch der Natur），这本也是从《物性之书》演变而来的。海德堡图书馆藏两种抄本，一种包含六十幅细密画插图，另一种则有三百幅。此书是第一本印刷成书的动物志，一四七五年到一四九九年的数年间，奥格斯堡共发行了七种版本，从这一点，就能感受到文艺复兴的气息。所有版本里都有木刻版画插图，画满了幻想怪兽。其中有两幅是异形人题材，画着双头人、六手人、狗头人、无头人、会游泳的独脚人，还有双尾人鱼、有翼人鱼、四脚人鱼。此外，还有各种"杂交成形"的怪物。除了这些，还有汇集了各种怪鱼、蛇、毒兽的插图。所以，这本初次印刷出版的动物学书籍，堪称畸形和传说动物的大集合。

当时还有一本博物学方面的著名书籍，那就是一四九一年在美因茨[※]刊行的《健康园》（Hortus Sanitatis）。发行此书的，是一位叫迈登巴赫（Meydenbach）的人。此书用拉丁文写成，其实是从几年前斯特拉斯堡的一本德语植物书翻译过来的，另外添加了动物、鸟类和鱼类方面的内容。书中有大量木刻版画插图，据说出自乌得勒支人埃哈德·罗伊维希（Erhard Reuwich）或以铜版画而闻名的"家庭读物大师"（Meister des Hausbuches）之手。

《健康园》中登场的动物已经脱离自然，踏入了幻想

《※ 德国城市。在当时，美因茨是欧洲活字印刷的中心地，西方活字印刷术的发明人约翰内斯·古登堡就是美因茨人。

领域。在这里，古代幻想式主题再度复活，"杂交成形"也越来越复杂。有翅膀的兔子、有翅膀的蛇、长脚的鱼、有手的鱼。变色龙（khamaileon）在希腊语中意指"伏地而走的狮子"，于是画家认为当然得按字面意思画。老普林尼和亚里士多德给生物起的拉丁文或希腊文名字，再或一般俗称，就这样被按照字面意思诠释成了图像，真是荒诞。鲨鱼成了"海里的狗"，海豹成了"海里的小牛"，软体动物变成了"海里的兔子"，甲壳类成了"海里的老鼠"。在这种诠释下，怪物一个接一个地诞生了。古代传说里的海豚，背上有眼睛，腹部有嘴巴，鸣叫声酷似人类哭泣，而这样的描述，又再度经由画家之手被忠实再现。

十五世纪以后，无论哪本动物志，必定会出现一个叫"海僧"的奇妙怪物。怪物外观就像一个剃着光头的基督教修道士。这个怪物大概是个证明，可见当时的宗教纷争的影响已深入民间，出现在街头巷尾的画书里。我们该记住这一点——北方的文艺复兴在各个层面都和宗教纷争密切相关。像梅兰希顿（Melanchthon）和马丁·路德等宗教改革运动领袖，都亲自出马创造了讽刺教皇和僧侣的怪物形象。

梅兰希顿的"教皇驴"，就是一例在这种背景下诞生的怪物。怪物虽然叫驴子，但只有头部是驴，驴头讽刺了愚不可及的罗马天主教会领袖。怪物有一只手是大象鼻子，意味着现世的权力。一只脚是牛蹄，另一只是格里芬的爪子，意味着对精神和物质的服从。这些怪物部位勉强拼凑成一个女性身体，其胸部和腹部，象征集贪婪和淫荡于一体的各级主教们，直指教会组织本身。怪物屁股上长着的老人

《
《
变色龙（左上）、海狗（右上）、海豚（右下）、
鸵鸟（左下），选自迈登巴赫发行的《健康园》。

马丁·路德的"教士牛"（左图）；
梅兰希顿的"教皇驴"，日内瓦，1557 年（右图）。

≫
≫

≫

脸，预言了教皇政治的终结。龙形尾巴，代表教皇的敕书和赎罪券。总之，这个怪物全身上下充满讽刺寓意，为的就是逐一反击当时教会宣扬的各种教义。

　　路德创造出的"教士牛"，也很怪异可怖，身上也有各种辛辣讽刺寓意。伸在外面的细舌，意味轻浮话语。褴褛法衣，代表支离破碎的教义。盖住肩膀的帽子，意味着对异端见解的冥顽不化。没有一根毛光溜溜的身体，指的是道貌岸然的伪善。

　　这两个宗教怪物形象，被很多书采用，一直流传到十七世纪。据说有人真的相信这两个怪物确实存在。据记录在一四九五年，罗马的台伯河里曾打捞到过教皇驴的尸体。

　　梅兰希顿在传教小册子的序文中写道："无论在什么时代，神都创造了各种怪物，睿智地预告了一个权力的增大或没落。"《圣经·启示录》里预言世界末日即将到来时，各种灾难降临，恶魔怪兽开始嚣张跋扈，也是这个道理。宇宙的异变和地上生物的畸形相互关联，经常同时发生，当时德国留下的编年史里，此类事实不胜枚举。波及全欧洲的宗教纷争，为怪物的诞生创造了良好条件。尤其是在纷争中心的德国，这种倾向尤其显著。

　　比如，一四九五年里连续发生了两件值得注目的事。德国中部的沃尔姆斯，诞生了一对头部相连的双胞胎，同时，斯特拉斯堡附近的古根海姆诞生了一只双头天鹅。一年后的一四九六年，兰德赛尔出现了双身一头的怪异母猪。

著有《愚人船》的塞巴斯蒂安·勃兰特（Sebastian Brant）曾找人雕刻版画，亲自配上说明文字，版画一直流传至今。大家可以看到，画中的六足猪怪物，学者预言了它的诞生。

画家丢勒也没能抵抗住这股风潮，他画过一幅双头畸形儿。这对畸形儿确有其人，她们于一五一二年诞生在巴伐利亚小村落里，被取名伊丽莎白和玛格丽特。她们分别受洗，虽然共用一个身体，但因为有两个头，自然被视为两个人格。

看到丢勒这幅画后，我马上联想起，同样的构图在炼金术寓意画中也很常见。在炼金术寓意画里，太阳和月亮、硫磺和水银必须统一成一个雌雄同体，这是炼金术特有的性质二元论，称为"性质相反之物的统一"。关于雌雄同体，我将稍后详细说明，这里就不再赘述。

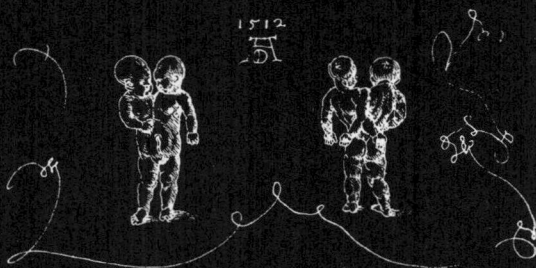

丢勒的畸形儿图，双胞胎伊丽莎白和玛格丽特。

十五世纪末到十六世纪初，正值哈布斯堡家族的马克西米利安一世（鲁道夫二世的上四代祖先，算其曾祖父的父亲）治世，期间出现过各种天文异象和怪物，有人把这些集结进了同一张画里。这个人就是负责撰写皇帝治世史的御用占星学者约瑟夫·格林佩克（Joseph Grünpeck）。这

象征各种诱惑的怪物们围绕着正在隐修的圣安东尼，是欧洲古典绘画中的常见主题。米开朗琪罗、老勃鲁盖尔和本书提到的博斯、丢勒、达利、恩斯特都有相关画作。 》

》
》
马克西米利安一世时代的异象，约瑟夫·格林佩克编，1502 年。

》
》
Aldus Pius Manutius (1450—1515)，和西方活字印刷发明者古登堡齐名的印刷商，他与古登堡的不同之处在于，他印制的书页上带有页码数字，开本比较小，能够随身携带，他的小开本书是书籍史上的一大转折点。

幅画制作于一五〇二年，沃尔姆斯的双胞胎、古根海姆的天鹅、兰德赛尔的猪，在画面上一应俱全，甚至壮观。此外还有身边环绕着十二个孩子的孕妇，在森林丘陵间奔跑、跳池塘、钻洞穴的老百姓（也许是狂人？），火焰之雨从天而降；两个蓄须男子正抬起月亮，在如同《启示录》末日般的异样场景下，手执长剑的马克西米利安一世，像圣安东尼一样惊惧地注视面前的一切。这幅画令人联想起博斯，如此说来，博斯正是这个时代的人。

火焰之雨也好，石头雨也好，日食和彗星也好，这些天文异象预言了权力的没落和帝王之死，这是占星学的基础。罗马时代以来，出现了很多这类汇集天文异象的书籍。其中比较出名的，有四世纪后半叶的尤利乌斯·奥布塞昆斯（Julius Obsequens）编纂的《异象之书》（*De prodigiis*）。这本书在一五〇八年由当时著名的印刷商阿尔杜斯（Aldus）出版，引起很大反响，古代异象信仰得以重见光日，再次流行起来。《异象之书》一五一五年在佛罗伦萨、一五一八年在巴黎、一五二九年在里昂又多次再版。

除《异象之书》之外，意大利历史学家波利多尔·维吉尔（Polidoro Virgilio）编纂了一套三卷书籍，汇集了预言和神谕、怪物和畸形、前兆和异象等内容，在当时很受欢迎。奥布塞昆斯的《异象之书》汇集的主要是耶稣诞生前的古

100

代记录,而维吉尔的书,连一五二六年发生在伦敦的奇闻怪事都有收集,相当具有时事性,在当时的民众看来一定特别新鲜刺激。

到了一五五二年,这两种异象之书被合并在一起出版了,发行人是巴塞尔的奇人学者康拉德·吕科斯忒涅斯(Conrad Lycosthenes,本名特巴尔特·沃尔夫哈特[Thebald Wolffhard]),此君不满足于只编辑发行别人的书,因为他本人,也是一位狂热的珍奇现象迷,同时还是收藏家,所以他独立完成了一部名为《异象和预兆编年史》(*Prodigiorum ac ostentorum chronicon*)的巨作,囊括了上至亚当夏娃被逐出乐园,下至一五五七年历史中发生的全部异象。此书于一五五七年在巴塞尔刊行,一五五七年是他书中写到的最后一年,这一年正好有一个没有额头和脖子、头部直接长在肩膀上的男孩出生了,值得纪念。

照理说,要完成这样一部巨作,需要从古代史、中世纪史或同时代的各类书籍中收集资料。他确实接连引用了大阿尔伯特、帕拉塞尔苏斯、马丁·路德、梅兰希顿,以及同时代的地理学者、博物学者、编年史作者的著述。此书出版的前一年,德国地理学者塞巴斯蒂安·明斯特尔(Sebastian Münster)的名著《宇宙志》(*Cosmographia*)的第三版刚在巴塞尔发行,吕科斯忒涅斯直接把《宇宙志》的插图搬进了自己书里。为了插图他还用了其他两本书,分别是苏黎世的博物学者康拉德·格斯纳(Conrad Gesner)的《动物史》(*Historiae animalium*,一五五一~一五五八)和苏黎世医生雅各布·吕夫(Jakob Rueff)的《人类生殖观念》(*De conceptu et generatione hominis*,一五五四)。

拉文纳的单脚怪物，选
自吕科斯忒涅斯的书。

　　吕科斯忒涅斯的这本里程碑式的怪物大全里，塞巴斯
蒂安·勃兰特的畸形儿、梅兰希顿的教皇驴、马丁·路德的教
士牛、被格斯纳的《动物志》采用而名声大噪的丢勒的犀牛
图等，汇集一堂，巨细靡遗。而其中特别令人感兴趣的，是
一幅从明斯特尔的《宇宙志》中转载来的版画，图中汇集了
各种北方海洋怪物，带着巨螯的大虾、蠕动着的巨大海蛇、
从头顶喷出潮水的野兽一样的鱼、长着牙齿的像牛一样的
鱼，还有一些不知名的凶暴鱼类浮游在海浪里。

　　这本书中还收集了一张图，图上画着以往的动物志中
没有提到的"萨提尔兽"（Monstrum Satyricum）。它前脚
是狗爪，后脚是鸟爪，有张人脸，颔下生着鸡一样的肉垂。
据格斯纳说，这只怪兽是一五三一年在萨尔茨堡捕获的。

　　书中还记载了其他怪兽。长着七个脑袋的末日风格的
龙，头上戴着王冠，据说它是一五三〇年在土耳其被捕获

的，后被送到威尼斯，之后又被献给了法国国王弗朗索瓦一世。一五一二年在拉文纳捕获的另一只怪物，头上有独角，有着女人一样的胸部，背后有翼，像鸟一样单足站立。

不幸的是，吕科斯忒涅斯在四十三岁时过世了。他这本前所未闻的浩瀚怪物志，在欧洲获得巨大成功，甚至影响了动物学界。在那个时代，学者们尚未建立科学而客观的研究方法，对发生在远方的奇迹和异象，没人能亲睹，自然无法做出清晰解释。在吕科斯忒涅斯这本书出版之后，格斯纳出版了自己的关于水生动物方面的书（一五五八、一五六〇，苏黎世），书中出现了大量全新的幻想生物。比如名叫"人鱼马"（Ichtyocentaurus）的怪物、全身长鳞的狮子、康提姆普雷的托马时代流传下来的海僧，等等。在书中，格斯纳这位文艺复兴时期声名远扬的动物学者，一本正经地谈论着这些荒唐无稽的怪物，令人忍俊不禁。

最完整最系统化的幻想式的动物志，是十六世纪中叶在瑞士完成的。巴塞尔和苏黎世此呼彼应，两地的学者们连续出版了配有木版画插图的书籍。此时，在比利时的安特卫普，那些以幻想风格见长的画家们所关心的，完全是中世纪风格的诱惑图和地狱图。然而在瑞士，画家们的幻想已经被收编进近代实验性知识的体系中。人文主义思想似乎在瑞士偏移出了正轨，朝向奇妙的方向发展。如此说来，帕拉塞尔苏斯在瑞士巴塞尔大学讲课时，也正是十六世纪中叶，准确地说是一五二六年。虽然很早就接受了人文主义思想的洗礼，但最终，只有百科全书的一面以异常扭曲的形式发展壮大，其结果，就是与时代进程不相符，只有畸形学开花结果了。

《
《

康拉德·吕科斯忒涅斯
《异象和预兆编年史》
中的怪物，巴塞尔，
1557年。

　　十六世纪的瑞士堪称怪物故事的大本营，故事从瑞士又逐渐传播到各地，当这股浪潮传播到巴黎时，与来自佛兰德斯的其他幻想撞击在一起，深深影响了被称为"法国吕科斯忒涅斯"的皮埃尔·鲍埃斯杜（Pierre Boaistuau），他用法语写成了《奇谈》（Histoires Prodigieuses，一五六一，巴黎）。在序言里，他列举了引用参考名单，不用说，其中当然有吕科斯忒涅斯，其他的诸如尤利乌斯·奥布塞昆斯、波利多尔·维吉尔、约阿希姆·卡梅拉里乌斯（Joachim Camerarius）、塞巴斯蒂安·明斯特尔、雅各布·吕夫、吉罗拉莫·卡尔达诺（Girolamo Cardano）、卡斯帕·波伊卡（Caspar Peucer）等人也名列其中。这些人都是各界权威，由此可见，《奇谈》大幅引用汲取了前人著作中的故事和插图。吕科斯忒涅斯提到过的拉文纳的单足怪物、萨尔茨堡捕获的"萨提尔兽"、献给弗朗索瓦一世的七头龙，等等，也都重新出现在这本书中。

　　但是，鲍埃斯杜和众多前辈最不一样的地方，在于他执拗地试图从各种角度去解释怪物和异象发生的原因。比如，书中有一个被献给波希米亚王的女孩，她全身长满黑毛，就像一只熊，她的外貌为什么会天生如此可怕呢？鲍埃斯杜推测说，因为她母亲生她的时候，枕旁挂着一张身穿兽皮的圣约翰画像，女孩的母亲也许凝视画像过久了。"生孩子的时候"改成"怀孕时"更准确一些吧？鲍埃斯杜当然不知道弗洛伊德，不过，看来他有相当敏锐的心理学洞察力。

　　《奇谈》据说非常畅销，曾重版发行过多次，在鲍埃斯杜死后，还出现了几种不同版本。一五七五年的巴黎版本，是一个名叫贝勒福雷（Belleforest）的人增订的。一五九四

遭受雷击而死的女子。选自皮埃尔·鲍埃斯杜《奇谈》。
罗马的一个叫做庞贝乌斯·利威斯的人带着女儿骑马走
过原野，女儿被雷击中，落马身亡。令人惊愕的是，雷电
从她口中进入，从下体穿出，她的舌头被雷电割下，掉落
在她的双腿之间。《奇谈》里，都是这种奇诡故事集锦。

康拉德·格斯纳书中的怪物，
萨提尔兽（左）与鱼人马（右）。

年的安特卫普版本，是在巴黎版本的基础上，又有泰斯朗（Tesserant）、瓦耶（Hoyer）和索邦（Sorbin）三人的补笔。

如果说鲍埃斯杜身上已经出现了客观理性思考的萌芽，那么，我们接下来要说的安布鲁瓦兹·帕雷（Ambroise Paré），这种倾向更加明显。帕雷是法国首位宫廷外科医生，近代医学的先驱之一。他出生于一五一〇年，与早逝的琉克斯提涅斯相比，早出生八年，也长寿二十九年。帕雷于出版的《著作集》（Œuvres，一五七五，巴黎）中，有一册书全篇三十章都在探讨畸形。此书再版（一五七九）时，又添加了安德烈·泰韦（André Thevet）的《寰宇记》（Cosmographie de Levant）。

但是帕雷这位近代医学之父，对畸形并没有什么让人耳目一新的见解。据他说，畸形的起因来自上帝的震怒、魔鬼作祟，以及母亲怀孕时看多了丑恶之物，以致丑恶之形烙刻入心。帕雷的这个结论，和鲍埃斯杜恰好一致。

帕雷在心理学方面没有提出什么独创性见解，但从生理机制的角度，他给出了专业医生式的观点。他认为，身体畸形多手多脚的小孩，是受胎时其父母性事放纵导致的。缺手缺脚的孩子，则是因为父母性事无力。他还断定，之所以出现人头猪身、狗头人身之类的"杂交成形"，毫无疑问，是罪恶深重的人兽杂交的结果。至于这种匪夷所思的杂交怪物是否真的存在，对此他根本没有怀疑过。那些原本只是存在于幻想中的怪物，在他外科医生式的现实眼光下，反而有了几分现实意味。

最后再简单说说十七世纪以后的趋势。

时至十七世纪，怪物书籍还在不断问世。一六〇九年在法兰克福，有申克（Johannes Schenck von Grafenberg）的《畸形奇纪》（*Monstrorum historia memorabilis*）。一六三四年在意大利帕多瓦，有利切蒂（Fortunio Liceti）的《论畸形起因》（[*De Monstrorum Caussis, natura et differentiis*]，此书在一六六五年于阿姆斯特丹再版）。一六四二年在意大利博洛尼亚，有乌利塞·阿尔德罗万迪（Ulisse Aldrovandi）和安布罗西尼（Ambrosini）合著的《畸形史》（*Monstrorum Hisioria*，安布罗西尼于一六四〇年在博洛尼亚出版了同样不可错过的《蛇与龙》[*Serpenlium et Draconum*]）。一六六二年在维尔茨堡，有加斯帕·肖特（Gaspar Schott）的《自然科学珍奇》（*Physica Curiosa*）。

107

关于贝壳，法国现代哲学家加斯东·巴什拉（Gaston Bachelard）曾写下颇令人玩味的优美文章，在此我想引用几个章节。

贝壳对应着一个概念，这个概念如此清晰、如此准确、如此严格，诗人无法简单地将它描绘出来，当不得不谈及它时，首先会遇到想象力不足的问题。诗人想谈论其梦想价值时，总是被贝壳具有的几何学现实阻挡。只是贝壳的形态，就已千差万别，以致去逐个实证它们时，会发现在现实面前，想象力只有认输。

这个名为"自然"的世界，不仅蕴含了想象力，同时还拥有渊博的知识。我们只需要看一看菊石的画册就会明白，自中生代起，软体动物就在用与生俱来的几何学知识精确构筑它们的外壳。菊石用对数螺旋线建造了自己的家。

诗人们能很自然地理解这个生命的美学范畴。法国诗人瓦莱里有一篇题为《贝壳》的优美作品，就充满了几何学精神，堪称名作。

/关于贝壳/

对诗人来说，"一块水晶、一朵鲜花、一个贝壳，都与所有感性事物的日常无秩序性相隔绝。与其他所有模糊暧昧之物相比，它们更特别，也许我们很难用头脑去理解，用眼睛去感知却很容易"。对这位具有笛卡尔精神的伟大诗人而言，贝壳好像一个凝结成型的动物几何学真理，所以，称得上"清晰而准确"。

实际存在的物体当然非常容易理解，神秘的是其形成过程。当贝壳开始准备成形时，那条螺旋线最初该向左转，还是向右？为了这个最初的选择，生物究竟做出了怎样的事关生命的决定？关于这个最初的涡旋，我们应该如何思考？实际上，生命的开始与其说是直线延伸，不如说是在旋转的。一种生命的冲动在旋转，这是多么神秘狡猾的谋略，又是多么精美又巧妙的生命形象！我想，软体动物的箴言是"为了造家而生存，不是为了生存而造家"。

——《空间的诗学》（*The Poetics Space*），一九五八年

关于贝壳的神秘性，还应该再附带一笔。那就是，动物或人类栖居在贝壳里的奇幻梦想。在前面我已提过帕利西，这里，就只限谈美术领域吧。

立陶宛出生的中世纪美术史专家巴特鲁萨伊蒂斯所著的《幻想的中世纪》(Le Moyen-Âge fantastique，一九五五年)里，有一些线描图，图上的古代宝石造型非常奇妙。马、驴、羊、鹿、兔、大象等野兽正从蜗牛壳里探出身来。

》

贝壳里的野兽，源自古代宝石雕刻。

原本巨大的动物，正从理应微小的贝壳中飞身出来，这种构思逆转了现实的次元，实在非常奇妙。既怪异可怖，又有妙趣。这种构思，或许与视觉上的极大和极小的问题有关系。在这里就不赘述《格列佛游记》了。比起真实尺寸，让一个东西单纯变大或微缩，都是发挥想象力的快感游戏。哲学里大宇宙和小宇宙的相对关系，也与此类似。或许我们可以说，"贝壳里的野兽"这种装饰性的主题，有种微缩世界的趣味，博斯和老勃鲁盖尔的画中经常出现的"球中人"主题也是如此。(博斯《快乐之园》[Tuin Der Lusten] 的画面中央，一支细长如蒲公英的植物的花萼上，生出一个半透明的蓝色的带裂缝玻璃球，球里一对裸体男女正沉浸在爱河里。在老勃鲁盖尔的《疯狂的梅格》(Dull Gret)里，一个老丑女人肩扛一只小舟，舟上载着一个肥皂泡般的巨大球体，球内关着三个长相凶狠、既像小人又似恶鬼的男人。当然，这些形象所表现的，也许是画家眼中的脆弱无常的现世，但将其解释成一个小宇宙的话，也说得通。)

110

关于美术史上这种"贝壳里的野兽"的主题，巴特鲁萨伊蒂斯解释说："对住在海岸附近的人们来说，海洋是一切的起源。即使是陆地上的动物也不例外，比如马是从海里来的，它原是海神波塞冬的侍者。泰勒斯（Thales）和阿那克西曼德（Anaximandros）的万物起源论，也受'水之魔力'信仰支配。所以贝壳的奇迹，当然也和这类信仰有关。"

美术史上的贝壳主题不仅出现在宝石雕刻上，在中世纪以及文艺复兴时代的绘画和雕塑上也很多见。举例来说，林堡兄弟（Limbourg brothers）为贝里公爵制作的《贝里公爵豪华时祷书》（*Les Très Riches Heures du duc de Berry*），其中月历插图里的一月和十二月里，带着摩羯座标志的山羊从螺贝里露出了上半身。罗昂（Rohan）《大时祷书》（*Grandes heures*）的十二月里，也有完全一样的摩羯宫图。还有，十六世纪威尼斯画派创始人乔凡尼·贝利尼（Giovanni Bellini）的"寓言"系列作品，其中一张画着两个男人扛着一个巨大海螺，一个手腕上缠绕着蛇的男人正从海螺里探出头来。关于这幅画的寓意，后世有很多诠释，有人说其隐喻了男性同性恋，也有人认为它表现了俄耳甫斯教的宇宙起源论。但我觉得重点在于，这个贝壳男子的下半身究竟是什么样子？是正常人的脚吗？还是螺肉一样带着细尖的涡卷软体？或者类似中世纪传说中的蛇女梅尔露辛，上半身是人，腰以下是蛇？这才是我们最想知道的。这幅画的妖异魅力，我想就在于被隐藏起来的下半身。

≫
≫
贝利尼的"寓言"作品之一，1488 年。

天使について

使って
天にい

天使について

使って
天にい

天使について

天使天使について
について

天使天使天使天使
についについについについ
ていていていてい

天

十

使

天使について

ANGEL
天十使

天使篇

天使について

他们的脸都像熊熊火焰；

他们的翅膀都如黄金一般，

而其余部分，甚至比雪还要纯白。

——但丁《神曲·天堂篇》第三十一歌

✝
  ✝
    ✝

拜占庭的神学者们为了决定天使的性别，彻夜讨论，直到星落。这个中世纪的东方帝国、黎明前的文化圈，在我看来，就像一个沉溺于这种无益的神学观念论的巨大机构。

那么，天使究竟是男性，还是女性，时至今日，这个疑问已经有了明确答案。那就是，天使既非男性，也非女性，天使只能是第三性，是双性者。

从拜占庭的马赛克艺术到文艺复兴时期绘画，再到东西欧造型美术，都有数量庞大的天使肖像。如果将这些肖像并列在一起，可以或多或少地看出，天使的形象在跟随时代一起变化，渐渐完成了性别转换。

事实上，就如当时神学家有意见分歧，画家们再现出的天使像，自然也不统一。画家的画笔，总是受限于时代趣味的。

比如意大利拉文纳的圣阿波利纳雷教堂半圆形后殿入口的墙壁上，绘着大天使米迦勒的立像，米迦勒手擎旗帜，旗帜上写着希腊文的圣三颂①词。在这幅马赛克画里，米迦

---

① 弥撒仪式中所用的声乐套曲之一。

》
》
》
》
》

图为达·芬奇笔下的天使。

≪

≫ ≫≫≫≫≫

图为弗拉·安杰利科的天使。　　　拉文纳的圣阿波利纳雷教堂的马赛克天使图。

勒浮现在金光辉煌之处，身着暗示拜占庭贵族的豪华金襕紫色祭袍，而不是传统的朴素白长衣。然而这位天使的容颜，即使有明显的男性特征，却丝毫没有与其职位呼应的威严气概，不如说，其容貌表情，更酷似绘于同教堂拱廊下段的著名的殉教圣处女。

拜占庭的天使们，柔化了东方神学概念下男性的威严和粗犷，有着更温和优美的容颜。

话虽这么说，毫无疑问，这个时代的天使仍然具有男性特征。这种男性特征，要花费好几个世纪的时间，经历多次转变，才逐渐消失殆尽。慢慢地，天使的头发开始变长，容貌也渐渐带上了女性气质。

各种要素结合在一起，生发出一种复杂的魅力。拜占庭的天使衣着华美，威仪均衡，一派圣者庄严，唯独天使的容貌，展现出女性的优美，令观者无不惊叹。当然，虽说有女性气质，但其表情严肃，甚至给人威压之感，同时，又显得那么细腻，那么典雅。舍弃了一切野蛮暴力后，纯粹精神性的权威印象反而更加深刻了。天使，原本就是具有双重性格的造物。

而后，拜占庭的天使流传到意大利，到了十五世纪的弗拉·安杰利科（Fra Angelico）那里，一直在变化的天使形象，在中世纪的最后终于落定。安杰利科笔下的金色卷发天使，容颜已经完全女性化、少年化。凝望着这些变化，我们心中泛起多少不可思议之情。

天使有翼。天使会飞翔。

魔鬼的翅膀是皮膜状的蝙蝠翼。天使以长满羽毛的鸟类之翼，在天空中自由翱翔。

"天使们究竟有没有牙齿和性器官？他们真的能用那么沉重的翅膀、长满羽毛的翅膀、神秘的翅膀飞翔吗？"让·热内（Jean Genet）在《鲜花圣母》（*Notre Dame des Fleurs*）中，向天使奇迹之力投下了疑问。但无论天使还是魔鬼，既然原本就是天界的灵族，位与神近，认为他们天生会飞又有何妨呢？

我们都知道，因叛逆之罪被上帝流放的魔鬼撒旦，原名路西法，意为晨星。就是说，魔鬼是"从天坠落的早晨之子"（《圣经·以赛亚书》[①]），是"不守本位、离开自己住处的天使"（《圣经·犹大书》）。世上所流传的堕天使的教义，都来自这里。

与叛逆天使路西法交战的天使大军统帅，是大天使

图为马丁·松高尔所画的将魔鬼踩在脚下的大天使米迦勒。

米迦勒。《启示录》中描述，"在天上就有了争战。米迦勒同他的侍者与龙争战，龙也同它的使者去争战，并没有得胜，天上再没有它们的地方。大龙就是那古蛇，名叫魔鬼，又叫撒但②，是迷惑普天下的。它被摔在地上，它的使者也一同被摔下去"。

所以，在图画中，米迦勒常常被描绘成上帝的战士，身穿甲胄，与象征魔鬼的龙交战。在天使位阶中，米迦勒的地位是最低的，属于下级的第三队。但也只有这些下级的天使们，才可以接触地上世界，直接降临到人之上。

"位阶"这个词，常被用来表示阶级组织，实际上是个神学词汇，说的是天使的九个等级。

十

与神的所有创造物一样，天使最初的职务是侍奉造物主。天与地也是上帝创造的，既然有人类居住的地上世界，就有上帝宝座所在的天界。天使是从天界被派遣到地上的使者，上天对地上的救赎，没有天使做媒介是不可能完成的。上帝给人类的神谕，是由天使传达的。

话虽如此，根据《圣经》暗示的天之位阶序列，我们不得不承认，每位天使都有不同职责。《旧约》外典《托比传》中提到，年轻的托比要去玛代，为他引路的天使表明身份

---

① 《圣经》原句为："明亮之星，早晨之子啊！你何竟从天坠落？"此处据本书原文调整。本书凡涉《圣经》处，均引自和合本。
② "撒旦"在和合本中作"撒但"。

说"我是拉斐尔，是主荣光面前的七天使之一"。《圣经》中有名字的天使除加百列、米迦勒之外，还有基路伯、撒拉弗等。

庞大的《旧约》伪典之一，长老以诺叙述所见异象的《以诺书》中，还出现了乌列尔、拉贵尔、沙利叶、耶拉米尔等名字的天使，暗示出天界位阶多么复杂。但是，这些都可以归类为天使吗？

各种《圣经》外典（尤其是《以诺书》），以及深受新柏拉图主义影响的早期希腊教父们，都为复杂的天使位阶伤透脑筋。原本在这些神学者之间，"天使"并非一个独立主题，而只是预定论下的一个衍生论点，而且学者们的意见也不统一。

比如，里昂主教圣依勒内（Irenaeus）将天使分成七个阶级。而其他一派，则又加上了基路伯和撒拉弗，成为九个阶级。但奥利金（Origen）、圣希拉流（Saint Hilary）、圣安波罗修（Sanctus Ambrosius）等人持相反意见，他们排除掉了基路伯和撒拉弗。拿先斯的贵格利（Gregory of Nazianzus）在九个阶级之上，又加入了华丽天使和崇高天使，变成十一个阶级。另外，尼撒的贵格利（Gregory of Nyssa）把座天使视为智天使、能天使视为炽天使，坚信天使有七个阶级。圣奥古斯丁与尼撒的贵格利相同，或者说，他还坚持认为能天使就是大天使米迦勒。

如上所述，学者们试图用各种词汇和分类方法，区分出天使的性质和职能。最爱做这种看似无益的事情的，大多是东方教会的学者们。西方教会则更注重现实，他们才不在这种神秘空想上浪费时间。圣奥古斯丁也只是简单地将问题绕过去了，没做明确解答。

把这种暧昧的概念分门别类整理清楚的，是亚略巴古的丢尼修（Dionysius the Areopagite），天使学经他之手，成为一门独立体系。他也是第一个使用"天使位阶"的人，一位五世纪末六世纪初东方的匿名神学者，被认为是《伪丢尼修著作》[①] 的作者。他把天使分成九个阶级，并根据这个阶级，设置排列了天与地之间的阶梯形序列，用一条肉眼不可见的神秘锁链，将天和地连接到了一起。

也就是说，依照这位神秘匿名神学者的说法，最初始的位阶，是上帝施以救赎的先后顺序。就如同上帝是三位一体，这种救赎秩序也以三棱体的形态出现，身为下级秩序之肢体的人类，在上级秩序之肢体的天使的帮助下，得以神性升华。他认为"与神直接接触的上级秩序，将上帝的睿智光芒，传达到下级的秩序里"。

于是，天使的族群也形成三个群体，由上至下，位阶也高低不同。最高一群为撒拉弗（炽天使）、基路伯（智天使）、托罗努斯（座天使）。第二群是主权（主天使）、力量（力天使）和能力（能天使）。最下面的第三群是权天使、大天使和其他一般天使。如同上述，丢尼修将《圣经》中的天使用语做了分门别类的整理。中世纪时的天使位阶观，几乎全部参照

天使篇一天使について

---

① 15 世纪之前，学者们认为此书是丢尼修写的，之后，又发现类似文书冠着别人的名字，因为作者难以确认，所以被称为《伪丢尼修著作》。

了他的分类法。

七世纪初，额我略一世对天使的职务非常感兴趣，在《天使位阶》一文中，他逆转了权天使和能天使的地位。他开创的新分类法，后来得到圣伯尔纳铎（Saint Bernard）、博韦的樊尚（Vincent of Beauvais）、宾根的圣女希尔德加德（Hildegard of Bingen）等人的继承。十二世纪天使论盛极一时，进入十三世纪后，（被誉为"天使博士"的）托马斯·阿奎那和（被称为"炽天使博士"的）博纳文图拉（Bonaventura），重新采用了丢尼修分类法，他们将天使学当作一个孤立的体系，研究得越发精细。于是，天使变成《圣经》里所没有的圣灵体系，天使论在经院学者手里，发展成了一门孤学。

但是，出现在《圣经》里的天使，有的近似人类，还有一些，明显是预言者混乱幻觉的产物，只能称为神秘怪物。比如，在《以赛亚书》先知的蒙召一章中，写到天使撒拉弗，"各有六个翅膀：用两个翅膀遮脸，两个翅膀遮脚，两个翅膀飞翔"。

还有，在以西结幻视中出现的基路伯，则是"显出四个活物的形象来……各有四个脸面，四个翅膀……前面各有人的脸，右面各有狮子的脸，

图为以西结的幻视。

左面各有牛的脸，后面各有鹰的脸"，甚至"活物的脸旁，各有一轮在地上。轮的形状和颜色好像水苍玉……轮行走的时候，向四方都能直行，并不掉转。至于轮辋，高而可畏；四个轮辋周围满有眼睛。活物行走，轮也在旁边行走；活物从地上升，轮也都上升"。可以说，这个形象非常天马行空。

撒拉弗和基路伯，很可能是犹太教之前就已经存在于中东地区的、民间信仰中的精灵。民间信仰中的形象在时代变迁中，逐渐与其他事物混淆，变得复杂，逐渐演变成了天使。犹太教禁止偶像崇拜，所以几乎没有留下什么造型艺术，唯独在至圣所里安放展开翅膀的基路伯像，是摩西和所罗门也允许的。但是，这种天使像究竟是什么形状，完全没有记载可循，唯一可以推测的是，一定和基督教美术中的天使形象截然不同。也许，在旧约时代里，犹太教的雕刻师在制作撒拉弗和基路伯的肖像时，脑中勾勒出的原型，是当时亚述 - 巴比伦神庙中常见的长着翅膀的牛、人头兽身的怪物。在著名的古代亚述撒珥根皇宫和辛那赫里布皇宫里，有一些鹰头有翼的精灵浅浮雕像、人头有翼的公牛像等，不管是哪一种，和《圣经》所显示的撒拉弗和基路伯的标志，在特征上都极为相似。

就是说，撒拉弗和基路伯，在《旧约》里的形象还很暧昧，为了让其面目变清晰，首先要和东方民间信仰对象在形态上混杂起来。反过来想，预言者的幻觉，在造型表现方面，为犹太教徒或基督教徒打开了一扇门，指向亚述 - 巴比伦起源等非《圣经》的一面。

以上观点，都是法国天使研究家让娜·维列特（Jeanne Villette）提出的假设，没有实际证据。摩西和所罗门允许制作的基路伯像，后世找不到任何一个存留。如此说来，与亚述怪兽相似的雕刻，在中东一带的修道院装饰中可以看到很多，这些都俗称基路伯。还有，在公元前十世纪的何利人遗迹上，发现了六翼火蛇（撒拉弗）像。但是，在欧洲早期基督教美术中，无论哪个大教堂还是地下墓地，都完全找不到与基路伯和撒拉弗相关的造型。

基路伯和撒拉弗在基督教美术中首次登场，是六世纪时的事，出现在科斯马斯《基督教风土志》（*Topographia Christiana*）、《拉布拉福音书》（*Rabbula Gospels*）等手抄本里。

那么，这些抄本里的撒拉弗是什么模样呢？就和以赛亚叙述的幻觉一模一样。站立在上帝宝座边上的两个炽天使撒拉弗，一对翅膀交叉在头顶遮住半张脸，一对翅膀交叉着护住身躯，剩下的一对翅膀水平展开着。天使的身体几乎看不到，六个翅膀以脸为中心，像花瓣一样呈放射状。这种装饰性的构图，后来成为约定俗成的造型，反复出现在拜占庭的马赛克画和各种抄本里。

智天使基路伯又是什么样子呢？和以赛亚的叙述相比，以西结的幻视要复杂得多，充满各种象征和附属物，对画家来说，是个很难描绘的主题。在描绘基路伯的过程中，有些元素被舍弃，有些被简化，最终，几种象征基路伯的图像学标志得以确定。

其中之一，截取了基路伯是"上帝宝座的搬运者"的特性，这一特性，在《拉布拉福音书》中，得到了再三强调。基路伯展开一双翅膀支撑基督的光轮，另一双翅膀遮住自己的身体，看上去就像一个只有翅膀没有身体的造物，在羽翼的缝隙里，可以看见四个头和四个轮子。四头分别是中间的人脸、右侧的鹰脸、左侧的狮面、下方的公牛脸。有时，四个翅膀上还画着众多眼睛，就像《以西结书》描述的"四个轮辋周围满有眼睛"。举一些知名例子的话，比如，六世纪巴维特修道院[①]的湿壁画《基督升天》。在壁画中，基督被以西结的幻视灵云和四个生物环绕，构成了升天的神秘造型。

支撑上帝宝座的四个翅膀、四头和四轮，这些都是概括基路伯形象的标志。到了后来，这四个头开始有了和以西结的幻视完全无关的含义，人脸即圣马太，鹰代表圣约翰，狮子是圣马可，公牛则代表圣路加，四种图像变成了四位福音书作者的象征标志。

随着时代变迁，基路伯的形象开始解体。四头和四轮，开始从基路伯的形象中独立出来，在图像学中有了别的含义。只有四翼还属于基路伯。此外，基路伯和撒拉弗的固有标志开始混淆，到最后，两者形象极为相似，已经无法轻易辨认，在罗马式艺术、哥特艺术和文艺复兴时期的绘画里反复出现，始终没有断绝。

原本，西方教会对天使的位阶不大关心，而且和东方教会相比，又迟迟不讨论这个问题。所以他们觉得，没有必要

天使篇一天使について

① 在埃及，现为遗址。

在图像学中把基路伯和撒拉弗截然分开。

　　如此说来，奥利金、希拉流和安波罗修等西方教会的代表，坚决拒绝把基路伯和撒拉弗放进天使位阶里，也不是没有道理。对西方神学家来说，无条件地把源自亚述-巴比伦的来历不明的精灵迎接到天国，实在太过轻率，难以原谅。（顺带一提，据说亚历山大里亚的斐洛（Philo of Alexandria）曾著有《论基路伯》［De Cherubim］，但具体内容我就不知道了。）

✝

　　来自拜占庭的旧约式的基路伯形象，对西欧艺术家来说，实在太陌生，也太抽象了。所以，要想让这个天使在西欧继续留存，就需要进行形态学上的修正。虽然在此之前，基路伯和撒拉弗的形象已经混同在一起，唯一不同的，是翅膀数量，或者颜色。不，就连翅膀的数量也无法区分了，大多数场合里，红色的是撒拉弗，绿色的是基路伯，翅膀数量不是四个，就是六个。

　　新时代的艺术家们，早已遗忘了以西结和以赛亚的幻视，他们毫不迟疑地赋予了天使美丽的人类形态。过去撒拉弗小心翼翼用巨大翅膀遮掩的身体，渐渐暴露在光天之下，有了和大天使一样的服装、一样的身高，在哥特教堂的穹窿上，以严峻之姿，与其他天使并列在一起。或者，出现在传统的花型装饰图案中，甚至，还参加了波提切利的圣母戴冠仪式。在色彩极为绚丽的袖珍时祷书中，基路伯们就像可爱的小鸟，精巧地折叠着四个翅膀，排列成一圈美丽的花环，围绕在耶稣和圣母的光轮周围，实在是讨人喜欢。在这群小巧可爱的基路伯当中，也有几个很自律的，按照老规矩，把双翼交叉在头顶上。

就这样，旧约时代里诞生在迦勒底的迦巴鲁河的奇怪生物，在欧洲完成了彻底蜕变，变成了像花朵一样纤细、贝壳一样精致、阿拉伯花纹一样优美、童子少年一样清澈的纯真天使。

＋

＋

＋

＋
＋
＋
＋

"真正的爱的形式，存在于天使式的思考里。"

说这句话的，是皮科·德拉·米兰多拉，我最爱的文艺复兴时期的

泛神论者之一。

《
《
图为安杰罗·皮里齐亚诺（左）、皮
科·德拉·米兰多拉（中）、马尔西
利奥·费奇诺（右）。佛罗伦萨，圣
安波罗修教会壁，1488 年。

据巴蒂斯塔·德拉·波尔塔观察，三十一岁时早逝的皮科本人，
也有一副天使般的美丽容颜。

皮科认为，人是一个小宇宙，如果累积教养，借由上帝之爱，就能获得接近天界上级天使的能力。他这样写道：

撒拉弗由慈爱之火点燃，基路伯由睿智之光照亮，托罗努斯身有正义之力。如果我们用正确的判断力去支配卑贱的本能，就能达到托罗努斯的境界。如果我们沉思造物主，活在静谧的冥想中，就能闪耀出基路伯之光。如果我们燃起对造物主的热爱，就会像撒拉弗一样燃烧吧。

——《论人的尊严》
(*Oratio de dignitate hominis*)

图为撒拉弗和基路伯。

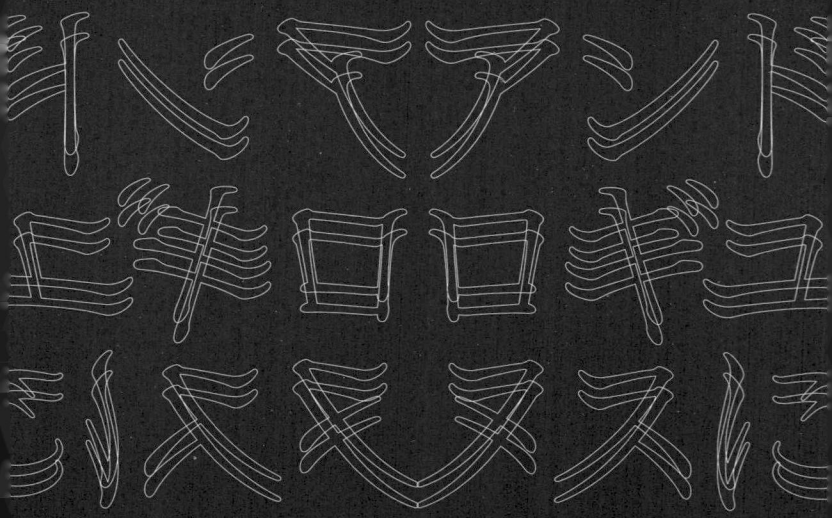

アンド
ロギュ
ヌスに
ついて
ンドアンド
ギュロギュ
スにヌスに
ついてついて
ンドアンド
ギュロギュ
スにヌスに
バてついて
シ

双

性

体

雄雌雌
双
性性
体

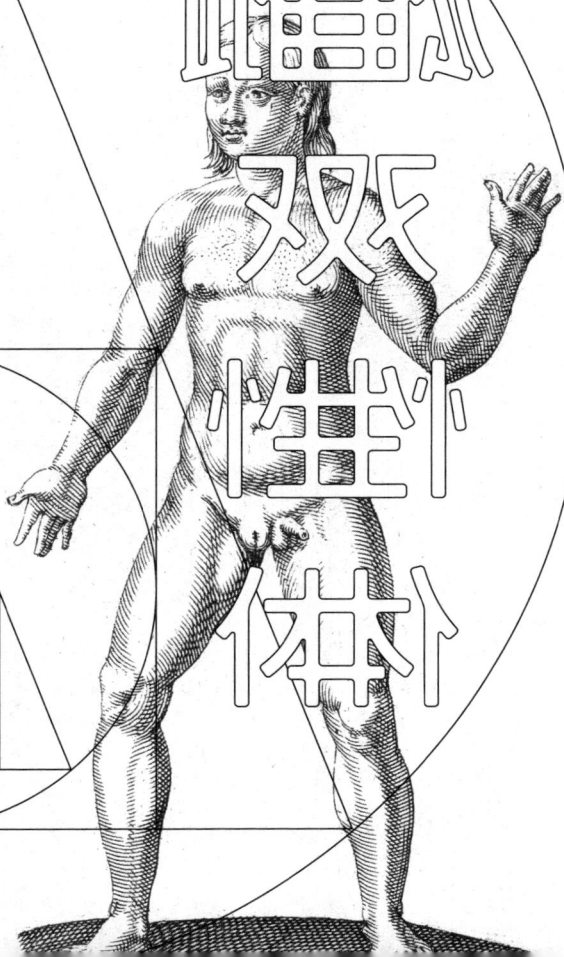

関于雌雄双性体

アンドロギュヌスについて

关于雌雄双性体

アンドロギュヌスについて

我的女人有天平一样挺直的腰身
我的女人有天鹅的背臀
我的女人有长剑的性器
鸭嘴兽一样的性器
像鸢尾
像镜子

—— 安德烈·布勒东（Andre Breton）
《自由的结合》（L'Union libre）

巴尔扎克的小说《塞拉菲塔》，意喻了雌雄同体的理想中的最高天使。塞拉菲塔（Séraphîta）这个词，是炽天使撒拉弗（Seraph）的词干之上，加了拉丁文女性词尾组合而成的。我想，这些不用我多做解释了吧。

巴尔扎克的这个最高天使的概念，源自北欧的神秘思想家斯威登堡（Swedenborg）。而从斯威登堡再上溯，又可以看到文艺复兴时期的皮科·德拉·米兰多拉的身影在摇曳隐现。

关于天界里的婚姻，斯威登堡是这么说的："在天界，丈夫代表知性的心灵的部分，妻子代表意志的部分。夫妇结合原本就发生在人的内心里，当下降到属于身体的低处时，被感知为爱。而这种爱被唤作婚姻之爱。在天界，夫妇不是两个天使，而是一个天使。"（《天堂与地狱》）我们可以这样理解，这段话揭示了天使雌雄同体的秘密。

宗教史学家米尔恰·伊利亚德（Mircea Eliade）评论巴尔扎克这篇近乎神学著作的小说《塞拉菲塔》，称其呈现出难以言喻的透明美感，究其原因，并非因为全篇渗透着斯威登堡的神学观点，而是因为，自古以来人类学的基本命题在书中灿然生辉。所谓人类学的基本命题，就是完美的人类原型——雌雄双性体（Androgynos）。

巴尔扎克这篇幻想式的小说，无须我多说。故事发生在挪威，靠近美丽峡湾的雅维斯村边有座城堡，里面住着一位有着不可思议的美貌的忧郁怪人。虽说是怪人，但不似以往巴尔扎克小说里的角色，比如类似沃特兰那种有着不为人知的过去、背后潜伏着犯罪暗影的奇怪角色。《塞拉菲塔》里的怪人，有着相当特异的性质。总之，他的神秘性，来自他的存在本身。

他爱一个叫米娜的少女，少女也爱着他。在米娜看来，他叫塞拉菲蒂斯（Séraphitüs），毫无疑问是个男人。与此同时，一位叫维尔弗里的男子也爱着他，在维尔弗里眼中，其完全是个姑娘，名叫塞拉菲塔（Séraphîta）。

这位完美的雌雄双性体的父母是斯威登堡的狂热信徒，他从诞生后，便一直在峡湾乡下生活，未曾远出一步。他没读过半本书，没有受过任何教育，但他学识修养之高深，远超世人水准。巴尔扎克用一种悲壮昂扬的语调，讲述了这位双性者的孤独性格和隐遁生活。就像我在前面说到的，这个人物形象建立在斯威登堡的神学论上，是"完整人类"的具象化。

话虽如此，巴尔扎克的雌雄双性体并不是为了人间而存在，他纯粹的精神生活，更像是以进入天堂为目标。就是说，塞拉菲塔暂时停留在人间，是为了在进入天界之前，知晓人类之爱的秘义，并通过爱的秘义，完成自我净化。所谓爱的秘义，是指同时爱上两种性别之人，这个爱不是抽象的爱，必须是个别的、具体的爱。所以，至少塞拉菲塔还在人间的时候，他不是天使，而是一个完整的人类，是一个双性体，可以具体地去爱男性和女性。

❈

传统欧洲文学以雌雄双性体神话为中心主题的作品里，《塞拉菲塔》是最后的功成，也是最后的微妙结果。

十九世纪末，颓废主义作家竞相重新拾起这个主题，但以他们的堕落的天使观，是不可能塑造出像塞拉菲塔这样具有透明之美的双性体形象的。

那群世纪末颓废主义作家，就像法国文学评论家阿纳托尔·法朗士（Anatole France）说的，"被双性人观念附了体"。在这群人当中，有以离奇古怪的神秘思想而闻名的作家约瑟芬·佩拉当（Joséphin Peladan）。佩拉当一生中所有的作品，主题全部围着"双性者"打转。但如同前面所说，佩拉当的双性体观源自柏拉图性爱学，有种猎奇的异教意味，与同时代作家——波德莱尔、戈蒂耶、斯温伯恩、于斯曼等人一样，已经丧失了塞拉菲塔式的纯粹而抽象的天使特质，只是在追求感官享受上的完美。也就是说，他的雌雄双性体观，建立在异教的堕落的天使概念上。

这里该说一句，天使的概念并非基督教的创造，在异教的传统中也能找到不少。裹在天鹅羽翼下的裸体青年的形象，在《旧约》出现之前就已常见。比如在希腊神话里，克里特岛工匠代达罗斯之子伊卡洛斯，用蜡黏合翅膀飞上天空，他可算典型的异教天使。但引发神怒坠海而死的伊卡洛斯，多少带着叛逆天使的意味，和基督教天使共通的纯洁美德形象，似乎大相径庭。

同样，波提切利、米开朗琪罗、索多马（Sodoma）等文艺复兴时期异教主义画家笔下的天使像，也有种背离美德之感，容我大胆地说，他们的天使像里，甚至能看到一种邪恶之美的萌芽。

关于达·芬奇，佩拉当是这样说的："完全男性化则不够优美，完全女性化会缺乏力量，列奥纳多发现了一种叫作'雌雄双性体'的典范准则，他混合并平衡了男女两种自然原理，创造了最高境界的人工性别。在《蒙娜丽莎》中，男性天赋

图为达·芬奇笔下的女子像。

图为达·芬奇笔下的圣约翰。

达·芬奇《岩间圣母》里的天使，
藏于卢浮宫，1490 年。

达·芬奇笔下的天使。

的知性威仪与女性令人爱慕的官能肉感混合在一起，达成了精神层面的雌雄同体。在《施洗者圣约翰》里，他更进一步在形式上将性别混同，令画中人看起来性别成谜。"

由此，天使与世纪末异教式的颓废主义趣味交融在一起，变成了一种"感官肉欲上完美""最高境界的人工性别"式的存在。

在法国和英国的颓废主义运动过程中，时常能看到雌雄双性体主题的作品，但此主题在艺术家手里，越来越偏离抽象意义，变成了单纯的病态怪异嗜好。就是说，他们只是在追求身体上具有双性罢了。戈蒂耶的《莫班小姐》（*Mademoiselle de Maupin*）、斯温伯恩的《蕾丝比亚·布兰登》（*Lesbia Brandon*）等可算典型。对所有颓废主义作家来说，雌雄双性体是一种生理结构上的共存，仅是一种奇怪变形的肉体。雌雄共体不再指向抽象的完整性，只剩下生理结构上情色的一面，供人大做文章了。

❄

"那边，鲜花环绕的树丛中，躺着赫马弗洛狄忒斯，他昏睡在草地上，被泪水沾湿。月亮从浓云间露出圆轮，用苍白的光芒抚摸着少年温柔的脸庞。他

赫马弗洛狄忒斯，庞贝壁画。

的容貌显出男性的雄力，又有天上处女般的典雅，他的身上似乎看不到一丝常态，女性化的完美身姿上，有着轮廓清晰的精悍肌肉，毫无自然可言。"（《马尔多罗之歌》[Les Chants de Maldoror]）

洛特雷阿蒙（Lautréamont）笔下的雌雄双性体，有着天使肉体的邪恶美感，同时也是一个悲剧人物，背负着生而为人的苦恼——"认为自己不过只是一个怪物，为此内心极度羞耻，碍于羞耻心，所以无论对谁，都无法倾注灼热的爱情"。"如果和男人或者女人一起生活，那么，自己的身体构造早晚要被指责为巨大缺陷，所以，一直生活在不安里。"

这种象征主义末流作家最爱的"赫马弗洛狄忒斯"的概念，溯其源头，应该是亚历山大里亚时代后、罗马时代中盛行于小亚细亚一带的一种古代异教雕像，此像有着圆润的乳房和小小的阳具。

但大部分充满末世情调的颓废主义作家并不知道，在古代，赫马弗洛狄忒斯是经由仪式而完成的，所起到的作用，也仅是作为一种精神象征。

也就是说，虽然作为一种精神象征，赫马弗洛狄忒斯得以与神并列，但在古代，现实中诞生的阴阳人，唯一的命运就是被亲生父母杀死。

换言之，古代人认为，生理结构畸形的阴阳人，是大自然的错误，是神祇震怒的征兆，所以必须一出生就立刻扼杀。只有通过仪式（比如男女互换衣服），象征性地成为双性体，才能以"完成了两种性别魔法般的统一"的造物之姿，被雕刻进塑像，在精神世界里受人膜拜。

❋

　　话说回来，我们究竟该去哪里寻找双性体传说的遥远起源呢？这个米尔恰·伊利亚德所说的"人类学的根本命题"，神圣又色情的命题，其源流，是从哪个古代民族、哪种神话开始的呢？

　　答案很简单。

　　那就是，雌雄双性体的传说，是人类的共同遗产。

　　神话中最为神话的，就是雌雄同体的神话。具有阴阳双性特质的神，创造出天地，这种宇宙起源论不只见于古代地中海或两河流域，在其他文化圈的神话中，也能找到丰富例证。原初之时，一个身负两性特征的唯一的存在，分裂成两部分，一半男性，一半女性，男女结合，诞生出人类——这种模式，几乎存在于所有的神话里。

　　一元的雌雄双性体通过性分裂，变成二元存在——神话中的人类史的起源，几乎都是这么开始的。从这种所有民族都共通的宇宙起源论里，我们能感知到的，是一种人类被逐出乐园后所怀的无限乡愁。

　　最光明正大地显示出雌雄两性体的神话，是古代印度的湿婆神。湿婆神不用化身时，是没有肉体的，也没有性别，但当湿婆分裂成两个神格时，就会产生异性相吸的欲望，世上万物从此诞生。

湿婆和沙克提结合，成为半男半女之身的阿达那利湿婆。湿婆神性别分裂不过是虚构，实际上是双性神。直至今日，在民间信仰里，嵌在约尼（女阴）里的林迦（男根）呈现出一个完整神格，象征着永恒的湿婆与沙克提。沙克提只是湿婆神女性的一面，看过象岛石窟①里的优美塑像就可以知道，湿婆原本就有两种性别，是一个雌雄双性体。

　　这种集相反特性于一体的神，在希腊最古老的神祇系谱中也能看到。原初，一个中性神进行了单性繁殖，或女性神进行了处女繁殖。这里的单性繁殖，不用说，是雌雄双性体的表现。

　　按照赫西俄德《神谱》的说法，天地万物最初有混沌（卡俄斯，中性）和大地（盖亚，女性），之后是"众神中最美的"爱（厄洛斯，男性）。最初的生殖，是混沌的单性繁殖，生出双生子黑夜（倪克斯，女性）和黑暗（厄瑞玻斯，男性）。而大地女神独自生下星空（乌拉诺斯）和大海（蓬托斯）之后，黑夜以同样方式生下白昼（赫墨拉）和清澄大气（埃忒耳）、睡眠（许普诺斯）和死（桑纳托斯）。

　　在这类双性神祇中，还有宙斯的妻子赫拉。赫拉单性繁殖出了赫菲斯托斯，这位女神的相貌明显具有双性特征。

　　在小亚细亚的拉布兰达，古时崇拜胸前有六个三角形乳房、颚下有胡须的宙斯像。而在塞浦路斯，人们尊崇长着胡子的女神阿弗洛狄忒，意大利则祭拜秃头维纳斯。

　　说到酒神狄奥尼索斯，比起别的神祇，其更具有双性性

关于雌雄双性体—アンドロギュヌスについて

① 位于印度孟买以东 6 公里的阿拉伯海上，集中展现湿婆神的神话故事。

格。在埃斯库罗斯的断简残篇中，有描写说，人们见到酒神后问道："非男非女的人啊，你来自何处？你的国家是哪里？"最初，这位葡萄之神的形象是一个胡须旺盛的年轻人，渐渐地，形象趋于柔弱，到了希腊化时代，已经完全女性化了。

在诸教融合的时代里，希腊文化世界里曾盛行信奉大母神库柏勒，此外，阿提斯也是一位双性神，传说他出生时具有两种性别，被其他神祇去势，才变成女性。

双性神的神话，在日耳曼、古代中亚各国、中国、东南亚和美洲大陆的神话中，都可以找到不少例子。波斯神话中的永恒时间之神祖梵、日耳曼神话里从大地中诞生的巨人图伊斯托都是双性神。不仅是时间和大地这样的大神，农耕民族里的大部分植物神和丰饶之神，也都兼具双性特质。

在各种神话里，性质相反的二物结合，诞生出万物众生，这种天地起源论的根本，就是雌雄双性体信仰。昼与夜、光明与黑暗、奇数和偶数、单一与众多、左和右等对立之处，必定有兼具双性的神祇。

有些民族擅长形而上学思辨，对于男女、光暗等二元对立，他们马上会投之以存在论式的怀疑。究竟对立产生之前的本初是什么，是"一"，还是"多"，是言语，还是物质？这些怀疑是一个基础，从中产生了一元论和二元论，产生了神的全能和恶的不可还原性等问题。就到这里吧，我们就不再深入了，因为，我更想探讨的是——

❋

　　再有名不过的柏拉图《会饮篇》中，那是优美乡愁之爱的形而上学。

　　柏拉图说，原初的人类都是具双性者，其形态如一个球体。但是，傲慢的人类忤逆众神，宙斯为此震怒，为了让任性的人类悔改，将人的身体劈成两半。从此，人们开始寻找自己缺失的另一半，期望能回复原本的形态。——这就是所谓的"爱情"。这里可以很明白地看出，柏拉图的双性者神话，和《圣经》中亚当夏娃被逐出乐园，是同一棵树上的两个分枝，这两根枝条，一根叫作希腊主义，一根叫作希伯来主义。

　　亚当和夏娃因为无法抵抗那告诉他们不能称为神的蛇所给予的诱惑，才吃下智慧之果。但柏拉图不认为那是人类的原罪，他从中追求的是爱的形而上学和永恒的终极意义。"因此，自远古以来，对缺失的一半的爱欲（eros）就深植于人们心中，爱欲让人类结合在一起，还原远古初始之姿，让两个不完整的半身成为一体，恢复人类原本的姿态。"

　　古希腊哲学家赫拉克利特（Heraclitus）将神称为"伟大的结合者"，柏拉图也一样，他被对立力量的统一、相反物质的一致化和爱的磁力等对立统一的观念深深吸引。所以《会饮篇》中的雌雄双性体神话，不仅是人类的偶发故事，更应该将其看作是只有在象征中才能到达的真理的神圣启示。所有的断片，都集中于原初乐园的完整性以及导致不幸的二元性之间的对立上。柏拉图认为，只有爱，才能调停这种对立。

这种对对立统一的热烈憧憬，在俄耳甫斯教的神秘主义和普罗提诺的流溢说中也可看到，再没有什么比这更"希腊"的了。希腊人将双性形象尊崇为圣，就是明显的象征。但凡生下了阴阳人就果断将之杀死的希腊人，却在成人礼和婚礼上，用一颗虔敬之心，参加互换服装和将两性形象列入神位等仪式，也是事实。在他们眼中，赫马弗洛狄忒斯象征双性合一，可谓婚姻之神。他们把赫马弗洛狄忒斯雕刻成像，便是用高超的想象力，在一个可视的神姿之上，表达出了"双性合体、对立统一"的主题。

❋

人类通过仪式，让自己象征性地成为雌雄双性体，这种行为，究竟有什么含义呢？

首先应该思考的是，许多原始部族的成人仪式里，都包含有"双性体化"的仪式。其中最为人知的例子，是澳大利亚某部落举行的割礼。这个割礼仪式，是在即将成年的青年的身体上，象征性地开一个意味着女性生殖器的小孔。他们相信，未成年者没有性，只有通过成人仪式，才产生性。也就是说，这个割礼的深层意义在于，如果青年没有首先完成雌雄同体化，就无法变成成熟男性，如此看来，这实在是一种相当严格的宗教认知。换一种说法，只有理解了全体（双性），才能知晓特殊（男性），这种信仰可以说是忠于神话理论的。

但实施手术只是成人仪式的一种，更多时候，是用易装仪式来代替，男换女装，女穿男衣。另外，行成人礼时裸体也很多见，这也可以看作是一种象征性的"成为双性体"的方式。同样地，见识到异性与同性之身体的区别，其目的，也是为了让未成年者在成人之前知晓两性吧。

男女易装，是古代希腊的常见风俗。依照普鲁塔克的说法，"在斯巴达，新娘会剃去头发，穿男性的衣服和鞋子，一个人睡在昏暗的床上等候新郎，而新郎，会悄悄地摸到她身旁"；"在阿尔戈斯，新娘会在新婚之夜戴上假胡子"；还有，"在科斯岛，新郎身着女装迎接新娘"。

在古代希腊，易装仪式除了在婚礼，还在酒神祭、萨摩斯岛的赫拉祭和其他祭礼时进行。在欧洲的谢肉祭和春之祭，印度、波斯和其他亚洲国家的农耕仪式上，交换服装的风俗也很普遍，这些都意味着什么呢？

在这里，我想再一次引用米尔恰·伊利亚德的见解。他说，这些易装仪式的主要功能，是让人跳脱出自己，让人超越其"特殊"立场（男性或女性的立场），回归到超越人类社会组织、超越历史的原初立场上，就是说，是以"人"的身份去成为一个雌雄双性体。

接下来，我们来谈希伯来主义的传统。

在《圣经》神话里，具有雌雄双性体特征的，是夏娃被创造之前的原人亚当。夏娃在从亚当身体上分离之前，是亚当的一部分。"耶和华神使他沉睡，他就睡了；于是取下他的一条肋骨，又把肉合起来。耶和华神就用那人身上所取的肋骨造成一个女人，领她到那人跟前。"

众所周知，在《创世记》的神话里，性出现的时候，就是人类开始反叛神的时候。人类最初的原罪，来自对知识的欲求。诱惑之蛇说："因为神知道，你们吃的日子眼睛就明亮了；你们便如神能知道善恶。"自此，就像希腊神话里巨人族的反叛和天使的反叛一样，一个伴随着性分离而导致堕落的命题诞生了。中世纪初期神学者司各特·爱留根纳（Scotus Eriugena）以用新柏拉图派的流溢说来解释基督教的创世说而为人所知，关于《圣经·旧约》里的亚当夏娃，他有独到的雌雄同体论。

爱留根纳认为，性的分离，是宇宙过程中的一部分。他在其著作《论自然的区分》（De divisione naturae）中说，实体的区分是由上帝开始的，逐渐下降，遍及人类的自然，由此，分隔出了男性和女性。同时，实体的结合，反而是从人类开始的，最终，将遍及神的领域。这个同一性往返运动的两面，是无法孤立发生的。但是，位居实体范畴之上的神，身上并无区分存在，因为，神是"全体"，是完整的"一"。

他主张："如果最初的人类没有罪，那么，人类的自然就不会被性别区分开。"在他看来，性的区分是堕落导致的。在人类还没有原罪的时候，是没有性别的。若要消除这种区分，人必须先要达成合一。被性区分开的人类再一次达成合一后，世界的终结就会到来，连接天国和人间的连环，也会像远古时一样再度统一。人类的地上生活将终结，人类将再一次拥有纯粹的精神性的肉体。耶稣走在所有世人之前，率先实现了这个终极的、人类初始本体论的尊严性的回归，两个性别，在耶稣的自然中，已经达成了合一。理由是，耶稣"生为男性，以男性之身死去，即便如此，他早已既不是男性，也不是女性"。

爱留根纳的这种神学的终末论式的结论，实际上是援引认信者马克西姆（Maximus the Confessor）的论点，作为基督教教义，不得不说他的理论实际上非常单纯。因为他完全没有提及达成合一的媒介物——爱，也没有提到具体该怎么实践。实际上，他的雌雄同体论的玄义，与基督教建立之前已经成型的东方神秘传统相近，带有浓重的诺斯替主义和炼金术宇宙观的色彩。

在这里，应该提醒大家一下，犹太教中众多折中主义者和卡巴拉信徒，自古以来都把亚当描述为一个双性体。根据《创世记》的记载，亚当和夏娃原本背对着背，肩膀相连，是在神的斧头一击之下，分裂成了两半。还有一种看法认为，原初之人亚当右半身是男，左半身是女，是神撕裂了左右两半。

但是，将雌雄同体的观念当作中心教义的，主要是以叙利亚和亚历山大里亚为中心的基督教式诺斯替主义的诸派。

　　希坡律陀（Hipplytus）的《反驳所有异端》（*Philoso-phumena*）中提到，行邪术的西门（Simon the Sorcerer）[①]将最初的精灵称为双性体，而俄斐特派[②]也将天人亚当视为双性人。地上的亚当有类似天人原型的相貌，所以也是雌雄同体。由此，既然人类是亚当的后代，每个人的自身内部，也都潜藏着双性，所以，所谓"完成灵性"，就是在自身内部再现出双性。

　　在诺斯替主义诸派及周边的基督教文书中，常能见到各种描述反复提到雌雄同体是完美人类的说法。众所周知，诺斯替主义极端不调和，除原人亚当和索菲亚（智慧）等纯粹的犹太教思辨之外，又糅杂了新柏拉图主义、新毕达哥拉斯学派的教义以及以波斯为中心的东方学的影响。也就是说，诺斯替主义是东方神秘主义宗教和希腊主义折中哲学混合下的基督教解释，糅杂了众多异教因素。尽管如此，他们主张的"变成人类的上帝之子，有着纯粹的与神相似的相貌，没有两性区别，以理想的天人身份，立于地人之上"的学说，给尼西亚公会议之后的基督教正统教义，也留下了微妙的影响。

　　雌雄双性体的神话，作为一种暗示"完整灵性"的表现

① 信奉诺斯替主义的异端之一。
② 同为诺斯替主义的异端之一，被称为拜蛇教，所谓的蛇，即伊甸园里引诱夏娃的蛇。

方式，自古以来也很多见。比如在《圣经·新约》的《加拉太书》中，就提到"并不分犹太人、希腊人，自主的、为奴的，或男或女，因为你们在基督耶稣里都成为一了"。实际上，这里的"或男或女"，是一种"价值的全面颠倒"的象征性表现，实在令人玩味。

如此，诸如柏拉图主义形而上学的思辨、亚历山大里亚的斐洛的哲学、新柏拉图派的神智学、基督教式的诺斯替主义诸派思想，甚至援引了赫耳墨斯·特里斯墨吉斯忒斯（Hermes Trismegistus）的炼金术理论等，这些理论，都认为完整的人是没有性别的。这个通论让我们知道，人类对原初的怀恋之情多么普世，足以超越民族、思想和宗教。

❊

赫耳墨斯·特里斯墨吉斯忒斯的肖像。希腊人将他视为秘教之祖，实际上他是传说中的人物，是希腊神话的赫尔墨斯和埃及的图特神的混合体。炼金术的几部基础文献，都借用了他的名字。

谈谈炼金术。

炼金术的奥秘之书《秘义集成》（Corpus Hermeticum），被后人认为是传说中的异人炼金术士赫耳墨斯·特里斯墨吉斯忒斯所作。在书中有这样一段对话："神没有名字，或者应该说，神有所有名字，因为神是元一，是全部。神的身上无止境地拥有两种性的丰饶，他想孕育什么，皆全数诞生。"

"特里斯墨吉斯忒斯，你说什

么？你在说神是两性的吗？"

"是啊，阿斯克勒庇厄斯，要知道不只是神，所有生物，所有植物都是两性的。"

炼金术是诺斯替主义和卡巴拉神秘主义的直系，它修正了诺斯替式的神话，用作自己的思想根基。所以，炼金术采用了很多雌雄双性体的象征标志，也就不足为奇。就算不是这样，炼金术是一种运用了数量庞大的象征的思想，充满无数隐喻，可以做出无数诠释，神秘而晦涩。

在几种有代表性的炼金术思想中，和基督教信仰发生正面冲突的，应该是性的二元论思想。

也就是说，这个世界上的所有对立，源自两性互补的原理，所有协调和不协调，是从主动性的男性和被动性的女性之间的对立中产生的。在创造天地之前，神是双性的，分裂而出的两个部分经过媾和，孕育出大地万物。太阳是男性，地球是女性，月亮也是具象化了的女性原理。月亮是母亲，是丰饶女神，永远是处女，没有生过孩子。

加斯东·巴什拉把炼金术称为"巨大的性梦想"。荣格也说："炼金术之于基

»»»
图为帕拉塞尔苏斯的肖像。

督教，就如梦之于意识。"确实，在炼金术的象征里充满了性隐喻。人类同样反映出大宇宙，人类的诞生和宇宙之诞生有相似之处，帕拉塞尔苏斯认为："子宫的学问，同时也是世界诞生的学问。"

太初时，唯一的存在是宇宙至高的"一者"，第一自然。太初的黑暗里，蕴含了所有存在发展的可能性。为了彰显"一者"的原理，必须分离并限于"否定的、被动的、女性的原理"和"肯定的、主动的、男性的原理"，两者结合，产生混沌，物质由此诞生。在创造的过程里，这种分离始终在进行。火充当了男性的角色，物质被比拟为巨大子宫，起到的是女性的作用。神的溢出第一相是火，火使物质丰饶，与物质媾和，进而孕育出构成宇宙的所有造物。

能够让所有金属变成黄金的"智慧石"，象征太初宇宙的"一者"，也兼具男女两性。"智慧石同时也被称为植物、动物和矿物，之所以这样说，是因为，植物、动物或矿物的生成，都需要出自这个实体。"十六世纪的理论家海因里希·昆哈特（Heinrich Khunrath）如此说道。

而荣格，将炼金术理论中的雌雄同体与婆罗门的经典《奥义书》比较。原人布尔夏是宇宙的根本原理，在《奥义书》中，被视为与鲁陀罗同一的创造巨神。"以一包含一切"的伟大的布尔夏，将其本体"我"（Atman）一分为二，将其作为丈夫、作为妻子，让两部分结合，诞生出人类和其他万物。印度哲学里的宇宙一元论和性二元论，就如同我们探讨过的湿婆神传说，与诺斯替主义的神智学极为相似。

燃烧着的双性人。《奥义书》写道："就像黑暗中的死者一样，阴阳人需要火。"原初的自然要想达到睿智之光，必须经过火的净化。

炼金术中的雌雄同体神话，被文艺复兴时期的人文主义者们完整地继承。蜗牛、独角兽、双头鹰、衔尾蛇[1]、衔尾蛇变形而成的龙，等等，这些兼具两性的象征物，大量出现在人文主义者的哲学和魔法书中。达·芬奇把圣约翰和酒神巴克斯描绘

图为衔尾蛇。

成优雅的女性容貌，还喜欢把象征雌雄同体的耧斗菜画在画布背后，我相信，是炼金术中的两性合一理论深深影响了他。而且，约瑟芬·佩拉当对达·芬奇所下的注释，在前面我已经说过了。

✴

来谈谈德国的浪漫派。

以诺瓦利斯为首的德国浪漫派诗人，为了让潜藏在人们心中的夜之神话再次恢复力量，而去探索了歌德所说的母之国度。对他们来说，雌雄双性体是未来完美人类的原型。这真是个充满原初乡愁的美丽理想。

诺瓦利斯的友人，医生里特尔（Ritter）在他的著述《青年物理学家遗稿片段》中，对雌雄双性体的哲学做出了以下评述，他说："夏娃没有借助女性的力量，仅借由男性诞生。

① 形象为一条蛇用嘴咬住自己的尾巴，形成一个完美的圆形，象征物质循环和无限大。

而耶稣，没有借助男性的力量，仅借由女性诞生。所以，从这两者的结合中诞生出的，就是雌雄双性体。然而，两者应该会在同一个光辉中融合为一体吧？"

谈到未来的新人类时，里特尔直接借用了炼金术专用语。可以说，德国浪漫派的双性神话复活的源流里，包含了北方炼金术的神秘传统，从帕拉塞尔苏斯开始，在十七世纪蔷薇十字会那里全面开花。

威廉·冯·洪堡（Wilhelm von Humboldt）在他的早期著作中也讨论过相同主题。而弗里德里希·冯·施莱格尔（Friedrich von Schlegel）在《关于狄俄提玛》（*Über die Diotima*）中，论及了雌雄同体这个"被人类失落了的理想"。在这些人中，主张神学和思辨哲学统一的弗兰茨·冯·巴德尔（Franz von Baader）的观点，我觉得最为亮眼。

巴德尔认为，人类祖先亚当是雌雄双性体，而且将来，人们将会再次回归雌雄双性体。巴德尔的思想源自十六世纪德国基督教神智学者雅各布·伯麦，他借用了伯麦的亚当最初丧失伊甸园的命题。就是说，在亚当沉睡时从他身上分离出夏娃，意味着原初的雌雄同体分离成男女两性。所以，人类如果想再度回归与天使同态的双性体，就必须得到基督的恩宠。

"作为圣礼的婚姻，目的是让人类回归到本来的天使之姿。"巴德尔说。他认为将性爱和繁殖本能混淆在一起，是重大谬误，性爱的真正机能在于"让男女还原成完整的人类姿态（原初的神圣之姿）"。

智慧石的象征，选自米夏埃尔·迈尔的《化学探索》，法兰克福，1687 年。
迈尔这样说："以一男一女为中心画一个圆，再围以四方形，其上画一个三角形，
最后再画一个圆包容一切，你就可以得到智慧石。"

雅各布·伯麦，这位鞋匠出身的哲学家，将炼金术的自然哲学和神秘主义泛神论综合到了一起。如前所述，双性体神话在德国浪漫派中复活，便是深受伯麦的影响。

伯麦认为，亚当的沉睡意味着人类最初的堕落，意味着人类从神界跌落，被埋没到"自然"之中，亚当成了地上的存在。

伯麦的后继者认为，亚当的沉睡是一种象征，象征了亚当看到动物交配而感到的欲望，象征了亚当想模仿动物的卑下的欲望。是这个最初的堕落，直接导致了性的分离。原本，性的分离也是上帝赐予的救赎，因为上帝看到亚当为了欲望而烦恼焦躁，所以赐予他名为夏娃的女人，以避免最糟的情况发生。

另外，伯麦还有一个基本观点，他认为身为圣处女的索菲亚（智慧），原本就存在于原初之人的身体里。原初之人在身体内部，和天上圣处女的光芒闪耀的肉体紧密结合在一起，借由这种结合，人才得以自由地与神互通感应，实现各种奇迹。但是，和反叛神的路西法一样，原初之人也生出野心，企图去支配圣处女，所以索菲亚离开了人类，人类也从此失去了那个光芒闪耀的肉体。

戈特弗里德·阿诺尔德（Gottifried Arnold）认为，是亚当对肉体的欲望，使他丧失了"不可见的妻子"。他还认为，即使在堕落的现在，男性在爱慕女性时，即使他自己毫无感知，实际上还是在寻求天上的处女。

通过《圣经》中人类丧失乐园的神话，伯麦指出，地上

图为亚当和夏娃的失乐园。

的处于弱者一方的性别——女性，充其量不过是代用品，女性所能承诺的"人类的复原"，也只是幻影。通过地上的两性结合，人类想回复原初之态是绝对不可能的。换句话说，人类手中的生命之树的果实之所以被夺走，是因为人混淆了索菲亚和夏娃，也就是混淆了圣处女和淫邪之女。如此看来，伯麦的婚姻观实在苛刻，好在德国浪漫派大幅度修正了他。如前述，巴德尔的婚姻观就相当积极乐观。

接着谈深层心理学。

巴尔扎克之所以写下《塞拉菲塔》，既有斯威登堡的影响，也是为了回应韩斯卡夫人（Madame Hanska）的期待。自巴尔扎克的《塞拉菲塔》以后，雌雄双性体的天使概念就完全沦为颓废风格，变成一种对畸形的猎奇爱好。但在二十世纪初的深层心理学大师们的庇护下，天使概念似乎又重新闪现出原本的纯粹光辉。弗洛伊德和荣格，都先后开始探讨这种充满着原初乡愁的双性体命题。

雌雄同体的概念第一次在弗洛伊德的著作中登场，是一九〇〇年以后的事。他受到柏林医生弗利斯（Wilhelm Fliess）的影响。弗利斯认为所有具有生命的细胞中都包含着双性特质，弗洛伊德也认同他的"有机体普遍具有双性"的假设。（原本，在弗利斯之前，奥托·魏宁格［Otto Weininger］、E. 格雷、G. 赫尔曼等人就各自有雌雄同体的假设，但以今日的眼光来看，称不上是完整理论。）

　　弗洛伊德在他的《超越快乐原则》中，大幅推进了这个假设，将雌雄同体的主题和退化及死的冲动结合在一起。在这本著作中，弗洛伊德重新构架了他的"本能说"。在此之前，弗洛伊德将"本能"定义为一个与生理机能相关的词汇，认为爱欲和死亡是对立的。但是到了这本书，他开始用"方向"这个词来表述生命本能。此外他还认为，他在所有本能中都发现了一个保守的、退化的倾向。他一边论及所有有机生命体的一般特征，一边说道："总之，冲动是有生命的有机体内在拥有的驱动力，为的是回归原本的某种状态。而原本的状态，是生物受外在力量阻碍而不得不放弃的东西。另外，冲动也是一种有机的弹性，或者说，是有机生命中惰性的显现。"

　　《超越快乐原则》是显示弗洛伊德的学术体系已经完整的关键性著作。若以一言概括他所说的支配有机生命体的冲动，那就是——还原为无机物的冲动。虽然，性行为确实是爱欲与死亡发生拮抗的场域，但生命的胜利，只是通向死亡之路的途中休息，这个暂时达成的平衡，终究会在死亡的决定性均衡中消解。就是说，所有本能最终的方向，都是"死亡"。

在心理学中，死的冲动是支配着我们所有精神生活的"涅槃原则"。不过，如果涅槃原则是快乐原则的基础，所有有机体的退化都在追求完全的静寂，那么，死的必然性，就会出现在新的光芒之中。甚至可以说，快乐，就是追求死之静寂，是进入涅槃，快乐是为死的冲动服务的。这时，借助神话，弗洛伊德提出一种关于性的产生的假设，他引用了《奥义书》和《会饮篇》中的雌雄双性体神话作为线索，用柏拉图的双性人理论，去解释性欲的退化特质，并提出设想："有生命的物质在享受生的同时，会被分裂成小部分，之后，这些小部分会借由性冲动而重新努力结合归一。"

和弗洛伊德以前的理论不同，力比多和性学这两个观点，是崭新的，建立在死的冲动的基础上，因此极具诱惑力。力比多是驱动力，是人为了恢复丧失了的共有而做出的努力；性是渴望，人渴望被分裂的部分能再次结合到一起。由此可以窥见，对弗洛伊德本人来说，这些也具有神秘的意义，他逃脱不出死的诱惑。虽然他对神话空想怀有警戒，同时，却无法抗拒去建立一个不科学的假设。

也有人认为，深层心理学为神话加注了合理的说明，也是对神话的破坏，即解构神话。或者不如说，让人类古老的空想复生的，正是深层心理学。这种解释套在荣格身上，更是恰当。大家都知道，荣格把人格分成意识、个人潜意识、集体潜意识三个层次。他认为，神话以隐喻和图像的形式残存于集体潜意识里，集体潜意识就像一个世代传承的巨大仓库。

灵魂里，并非只保存了个体固有经验留下的痕迹，也保有着源自远古的根源经验。集体潜意识是人格的最底层，可以说，集体潜意识是由人类行为的最古老的沉积物构成的。仅经历了几千年文明的人类身上，还残留着野蛮时代的遗产，这些痕迹还依旧鲜明，只要有机会，就有可能以迅猛之势复活。潜意识永远投影于意识之中。荣格认为，潜意识是对意识的补足，男性的潜意识中包含着女性要素，女性的潜意识里则有男性要素。

虽说潜意识和两性说都不是荣格的创见，但他是这些幽暗领域里的深层领路人。荣格收集了数量惊人的资料，研究了神系谱学和宇宙起源论，研究了宗教、异端、神智学、魔法、诺斯替主义和炼金术，从潜意识里，提炼出几个性格与形象的模式，他称其为"原型"。荣格认为，原型是集体的，几乎所有民族都共通。雌雄双性体的原型自然也不例外。这些原型征兆，不仅在创世神话和开天辟地的传说中能看到，也不仅表现在众神和救世主身上，在活着的世人心中，都可以看到。

荣格将男性潜意识中的女性意象称为阿尼玛，将女性潜意识中的男性的一面，称为阿尼姆斯。无论阿尼玛还是阿尼姆斯，都是存在于我们内部的潜在异性，就像影子，也是远古性经验的表征，是漫长时间里积累下来的心性上对异性的顺应痕迹。荣格说，所有的母亲，所有的恋人，都是普遍存在的永恒形象，形成男性本质中最深层的特质，是危险影像的背负者，也是具现者。

和弗洛伊德一样，荣格也认为在人类的心里存在着一种恢复男女共存状态的倾向，但与弗洛伊德从退化为无机物的观点出发得到的认识不同，荣格的认识，是在阿尼玛、阿尼姆斯的原型的基础上想象出来的，是以接受男性和女性是相互补充的对立面的方式表现出来的。

❊

"一想到你是我的，我就觉得如在梦中。"海因里希对玛蒂尔德说，"但是让我觉得不可思议的是，在此之前，你并不属于我。"对此，玛蒂尔德回答说："我也一样，我觉得好像从远古时候就已经认识你了。"

这是诺瓦利斯的小说《蓝花》（*Die blaue Blume*）中的一节。

相爱中的男女深信，他们在现实中的相识之前，早已熟知彼此，这段话充满不可思议的信心，也有种神话意味。（当然，我想把这种情况和心理学中的既视感概念区分来看，因为我们不想把这种现象随随便便解释成"记忆错误"。）憧憬中的女性形象，以往都被神秘面纱遮掩，无法得见，但仍然确信自己熟识这个形象。而这个早已熟识的恋人形象，正是所有男性内心深处的夏娃的影像，是潜意识中存留的雌雄双性体神话记忆。荣格的阿尼玛也是同样的概念。我们的灵魂分为白昼和暗夜，灵魂中暗夜的部分，正是歌德的"母"之国度，是荣格的集体潜意识。

"母亲们，我谨用你们的名义，你们端坐在渺茫境地，永远孤独而又和蔼亲切，生命之像环绕在你们头顶，过去曾在光明与假象中一度现身过的东西，都在那里起伏着，期待着永远……"①

❋

谈谈生物学。

人类历史有多长久，雌雄双性体的神话就有多长久。如果双性体神话在深层心理学领域里显示了有效性，那在生物学中又如何呢？"性基本上是无差别的"这一观点，在生物的历史中能否得到同样的印证？如果我们从进化论的角度去谈，双性的问题究竟会呈现出什么局面？——这是我们的第一个设问。

首先要注意的是，自然现象中的雌雄同体（一个身体内有两种生殖器官，多见于蜗牛、蚯蚓和寄生虫类）和畸形阴阳人（生殖器异常，一个身体里出现两种性征），不在考察范围内。有些甲壳类和珊瑚虫，开始是雄性，之后转成雌性，性别会发生周期性变化，这些特殊类别，也可以撇开不谈。即使是人类，也有这种奇怪现象发生。希腊神话里的预言者忒瑞西阿斯，曾几度在男女性别间互换。在十七世纪西班牙

---

① 出自歌德的《浮士德》。

画家里贝拉的作品里，出现过一个性别难辨的形象，此人长着胡子，露出丰满的乳房给婴儿喂奶。在现代，我们经常能从新闻上看到，有些运动员或舞蹈家做了变性手术。然而，这些发生在人类身上的事，被称为异常。如果我们想用进化论的角度来谈论人类本有的双性性（bisexuality），就必须以普通人为对象。

赫马弗洛狄忒斯的变种，此图空想的成分居多，法兰克福，1614 年。

先从解剖学领域开始吧。男女性器官虽然不同，但也有类似点，这没什么好惊异的。弗洛伊德认为："生理学上的双性状态，即使在正常人身上，也有某种程度的存在。正常发育的男性或女性身上，都有异性器官的痕迹，尽管身上的异性器官没有实际功能，只是徒留痕迹，或者转变成其他功能。这是自古以来就被熟知的解剖学知识。我们可以认为，最初，人都具有两性性质，但在发育过程中，一性的性征开始显现，另一性征会逐渐萎缩成痕迹。"（《性学三论》）

问题是，这个"萎缩成痕迹"的性，是被丢弃的性。要理解这个问题，我们要先从胚胎阶段谈起。

不过，在胚胎阶段，无论男性女性，性器官的形成都非常缓慢，性别的明朗，要到胚胎成长后期。在胚胎阶段，外生殖器的幼芽在男性身上会逐渐发达，在女性身上则逐渐萎缩成残留痕迹。女性性器官一直停留在裂开状态，男性则愈合到一起。（阴囊上的瘢痕状纵向接缝，就是这个过程留下的证据，而女性的阴蒂，则是阴茎萎缩后的痕迹。）亚里士多德在论及女性的生理结构后，得出结论说，女性是未完成的男性，是被摘掉幼芽的男性，这个见解可谓扼要。

在外部器官发生变化之前，其实生殖管道就已发生了变化，而更早发生变化的，是生殖腺。也就是说，在正常过程中，通过与海克尔所说的系统发生相同的阶段，胚胎先是器官未分化的状态，不久随着是男性还是女性的性别决定，器官会使得其中心部（髓质部）或其周边（皮质部）变得更加发达。而胚胎的这些分化是在由生殖腺所分泌的荷尔蒙的影响下进行的。因此，最初的生殖管道是双性的，先于生殖管道发生变化的生殖腺也是双性的。

柏林医生弗利斯从这个见解进一步推论，提出了所有活细胞都具有潜在双性的主张。究竟是谁最先提出此论，学者之间尚有争议，在今天，此论已经过时，现代学者更关心的是人体荷尔蒙所具有的双性性。

学者们之所以将注意力转移到内分泌，当然是因为近年生物学研究在大幅度发展。现在我们已经知道，内分泌不仅在第一次和第二次性征的分化上起到重要作用，也影响了性心理的走向。比如现在人工注射女性荷尔蒙，不仅是为了让乳房发育，也用在唤醒母性本能上。不过，所有人类都同时分泌男性荷尔蒙和女性荷尔蒙，而且有转换的可能。即使是发育成熟的大人身上，荷尔蒙也会在两种性之间动摇不定。我们不得不承认，起着调整和稳定作用的荷尔蒙，也潜在着双性性。

在内分泌的范畴中，人体的双性性得到了最明确的科学证明。人的性心理的双性性，与荷尔蒙的分泌有微妙关系。荣格将阳刚男性内部的少量女性因素命名为阿尼玛，这个命名是正确的。因为男性不是百分之百的男性，女性也同理。在一个人的身上，永远可以发现双性特质。由此，从这个意义来说，在生物学的领域里，雌雄双性体的神话，非但不是凭空想象，反倒体现了深层的真实。

❀

再来谈谈不以生殖为目的的爱欲。

雌雄双性体的神话，不仅体现了原初之性没有区别，也呈现出两性分离后的彼此思慕和统一。就是说，雌雄双性体这个词，体现的是双面状态，一面是性的乖离，一面是为弥合乖离而生出的爱。关于这个魔法一样的神话，科学究竟能诠释多少呢？科学能诠释爱吗？

从生物学的定义来看，所谓性交，是下至原生动物上到智人的所有生物在某种力的驱动下，同种异性的两个个体发生结合，通过结合，雄性细胞的一部分会进入雌性的体内。

但这个定义一定会引来无数反驳。比如所谓的某种力，究竟是什么性质，对性有多少影响，和受精有多大关系？如果男女结合的最终结果不导致受精，那么这个行为是否称得上完全的性交？等等。要回答这些问题，与其去考察生物进化中最复杂的性机制，不如去看被进化淘汰的、还保存着最单纯的形式的东西——前者指的是人，后者指的是原生动物。我们就来谈谈后者吧。

有一位生物学家，用非常优美浪漫的笔调，描述了单细胞生物的爱的行为。他高才硕学，称得上是"现代的普林尼"，我非常喜欢他的文章。他就是法国生物学者让·罗斯丹。关于草履虫是怎么结合的，他写得简洁如诗："栖息在淡水沼泽或沟渠里的微小草履虫，通过细胞分裂的方式繁殖。也就是说，草履虫分裂了自己唯一的细胞，成为两只相似的草履虫。这种分裂一天进行一到两次，所以用不了二十天，原本一只草履虫就会繁殖出一百万只同类。如果用一年时间，数量会达到天文数字。草履虫的繁殖不需要性，不需要爱，但是有一天，它们之间忽然有了'爱的必要'，那会是出自神的意愿吧。"

罗斯丹教授这样写道："有时，草履虫什么也吃不下，变得不安而骚动，就像在寻找什么，四处游动，相互碰撞，最后，两只草履虫会彼此靠近，结合到一起。接着，其他两只也开始靠近，就这样，最终所有草履虫都两两一组。也许，这是因为它们排出了类似荷尔蒙一样的特殊液体，液体在水中扩散，所以招引来了对方。不管怎样，两只草履虫一旦发生结合，便开始挤压对方，口与口按在一起，就像在接吻一样。它们交缠在一起，接下来的接触更加亲密，包裹着它们的膜渐渐变薄，最终消失，两个结合在一起的细胞，就这样变成彼此开放的状态，自由地交合在一起。

"这种交流状态，从开始到结束，大约需要十五分钟。原本很精神地在水中游动的一组，会突然沉到水底不动，但是，这种平静只是表面上的，细胞内部其实在做激烈运动，在它们的内部，正进行着重大的组织改造。两个核（纤毛类有大核和小核）中较大的那个会萎缩崩溃，消融不见，而较小的核会延伸，分裂为二，接着，继续发生分裂，由此，一个草履虫的内部会出现四个核，最终，三个会消失掉，剩下一个再次发生分裂。这时，新生出的两个核，不再消失，到了这里，两个结合在一起的单细胞完成了实质性的交换。

"两个核，一个静止不动，另一个会钻入结合方的内部，和对方的静止的核复合到一起，形成一个融合核，这个行为需要的时间，大约十五个小时。之后两只草履虫之间的膜壁会重新出现，准备再次分开。分开之后，各自独立，让身体里的融合核发生分裂，大核和小核再次出现。表面上看，草履虫的状态与'结婚'前没什么两样，但是，它已经发生了本质变化。它放逐了自己核中重要的一部分，也许这种放逐，起到了有益的净化作用。通过和对方结合，它身体的一半，变成了别的东西。"（《爱的动物寓言集》）

从上文可以看出，驱使两个细胞发生结合的力量，和驱使它们繁殖的力量，并不是同一回事。通过考察草履虫这种初级生命体，我们得到了一个基础发现，简而言之，那就是繁殖与结合，是分开的两件事。当然，两者有时可能一致，但不应该混为一谈。看来，爱的目的，并非繁殖。

一般来说，物种的增殖未必一定需要性行为。人类虽然要完全依赖性活动，但是在大自然中，要维持物种繁殖，有性繁殖并非独一无二的方式。

这一点并非无用知识。

要知道，许多低等生物不需要他者，而是用分裂、卵裂或者发芽的方式进行无性繁殖。而且，在进化到一定程度的高等生物中，也常能找到单性繁殖或孤雌繁殖的例子。说到人类不也有童贞女马利亚生子的传说吗？不，不完全是传说，甚至现实报道中也有此例。如果我们将科幻式的空想扩展得更大胆壮阔，那么，目前人类繁殖，非有性活动不可，但是将来会不会摆脱这种制约，谁能断言呢？

简单地说，性欲、性行为并不是繁殖的必需条件，而只是一种生物学意义上的游戏，是一种奢侈。栖息在淡水里的水螅，可以跟随水温变化，随心所欲地改变有性生殖方式，这是低等动物的奢侈。

当然，从遗传学角度看，要消除逐渐积累在血统中的不良遗传因素，性活动是起作用的。但，这只是一个优点，谈不上是充分理由。

那么，性欲、性活动究竟是什么？

在回答这个问题之前，我们首先要弄清楚一件事。那就是，将两只草履虫牵引到一起的力量，既非繁殖本能，也不是性的诱惑。

通过观察草履虫的结合现象，我们发现的只有一个道理，那就是两个同类结合起来就像一个双性体。草履虫原本不存在性别，自然无法假设性吸引力，如此一来，我们就不得不承认一个生物学上的事实——爱欲现象发生在性之前。

"在这个最原始的形态上，爱欲与食物的摄取直接相关。"让·罗斯丹说，"这意味着，它们受到同类的吸引，这个同类，与自己并非完全一样，展现出未知的神秘魅力。这可以说是一种'存在的饥渴'。这种亲和力、对他者的本能欲望，让两个主体彻底而亲密地融合起来，或是短暂地在一起。融合的结果，是让两个主体的状态发生变化后，又再次分开。正如法国哲学家居约（Guyau）所说，人'因自己的不足而发生膨胀'的原理，早已体现在堪称盲目的细胞上。爱欲的现象，即使在纤毛类单细胞体身上，也可以清楚地看到。"

❊

性，如果说到底，只能是被分割成二元的生命的一种表现形式。而性的结合，则是消解二元性的一个方法。但也只是一个方法，除此以外没有其他意义。——这就是我们从草履虫的结合中得到的必然结论。

爱欲不能和生殖本能混为一谈，同样，爱欲和性，也不该弄混。牵引两性的力量，比起生殖本能和狭义的性诱惑更大、更难以定义。对这种力量，除了将其称为"为回归无性别差异的自己、为获得某种解放而生出的盲目意志"之外，没有其他可以称呼了吧。两个主体永久或短暂的融合，不只是纤毛类的爱欲的典型方式，以罗斯丹的说法，"在病毒和微生物"上，都可以清楚地看到。当然，这些低等生物没有性别。

该怎么称呼这种真理式的爱的欲望呢，是罗斯丹说的"膨胀原理"，还是"两个存在之间的亲和力"？抑或是诗性的"存在的饥渴"？怎么称呼都无妨。看一看物质和能量的循环变化过程吧！在惊讶之余，我们必须满怀敬畏地承认，无论生物还是非生物，所有物质都在受一种宇宙之力、一种消解二元性重归一元性的盲目之力支配。

容我大胆下结论，回归雌雄双性体，是所有存在的普遍特性。

我们应该理解，生物历史里性的出现，是二元化世界的一个形态。性之所以发生分离，是因为在未分离的状态时，已有潜在分歧。而正因为分离，才产生再度合一的意愿。分离和合一的欲望，始终烙刻在性上。

性,是想要重新合一的那个分离,是寻求再度圆满的那个欠缺,这样的性,原本和繁殖功能毫无关系。

性,是这个世界的物理法则,是普遍存在的爱的形而上学法则。

(啊,谁说性是服务于生殖的,根本是布尔乔亚的恶俗论!)

生命膨胀的原理自不必说，我们不能不承认，在
生物／非生物上，都有回归原初单一性的倾向，
都有融合和集结的倾向。

弗洛伊德将这种退化的倾向称为"有机的弹性"。我在本文前面
给性交下定义时，写下"生物在某种力的驱动"的时候，脑中所
想的，都是这个"有机的弹性"。换一种说法，那就是爱欲——不
以生殖为目的的爱欲。

就这样，通过思考爱欲的意义，我们知道了爱欲不隶属于性，爱欲超越了性，比性更广大。

雌雄双性体的神话, 告诉我们的正是这个道理。

/ 关于球体 /

我们先来回想一下，记得从古希腊时代起，球形就象征着"完整"。巴门尼德（Parmenides）的"存在论"说到，一个既不运动也不变化的统一的全体，只能是一个被填满的球。而恩培多克勒（Empedocles）的四元素在完全同等不动的状态下，被爱统合成一个神圣的球。当"完整"这个抽象概念必须被赋予特定形象时，古希腊人以诗性的直觉，毫不犹豫地将其勾勒成一个几何形式。这似乎是一种不需要证明的真理，尼采笔下的查拉图斯特拉唱道："存在之轮永远在转动，万物死灭，万物复兴。"

早期佛兰德斯画派的画家，经常把在谈情说爱、行小奸小恶的人世间描画成一个球形小宇宙，应该是出于同样的想法。关于这点我在前面已经提过了。（请参见《玩具篇》一章的补述《关于贝壳》。）

由于世界必须完整，所以呈现出球形。歌德的《浮士德》第一部《女巫的丹房》一幕中，一只猿猴一边玩着球，一边唱着：

这是世界

或升或降

滚动不停

发出玻璃之声

破裂了却看不出来

中间是空洞

这首歌就像是给佛兰德斯画家们的作品加的注释，令人玩味。

还有中世纪神秘的神学家宾根的希尔德加德，她在灵视中看到的世界，也是球形。

希尔德加德的世界，中心是球形大地，在大地周围，覆盖环绕着几层同心圆，内部的圆环和大地一样近似球形。靠外的环呈椭圆形，最外一圈延伸开，微微有尖，像一个卵。

≪
图为圣女希尔德加德的灵视。

总之，中世纪将巨大的、难解的东西都用球形来表示，这是那个时代的思考特征。那时人们认为，世界以地球为中心，构成了同心圆，这种观点在中世纪各种书籍中都能看到，甚至包括但丁的《神曲》。希尔德加德的著作里，《神之功业书》（Liber divinorum operum）和《认识主道》（Scivias）风格近似《启示录》，两本书里配有插图，描绘了她所看到的美妙灵视。这些灵视呈放射状的圆形，让人联想起立体派画家的手法，别具独特深意。其华美又透明的灵视，堪称中世纪精神的最精醇的体现。

≪
图为圣女希尔德加德的灵视，选自威斯巴登版《认识主道》。

世界の終わりについて

世界の終わりについて

世界の終わりについて

世界の終わりについて

世界末日

世界の終
世界の終
世界の終
世界の終
世界の終
世界の終
世界の終
世界の終
世界の終
世界の終
世界の終
世界の終

末

日

关于世界末日

世界の終りについて

希望 和恐惧的情感本身不可能是善的。

的情感本身不可能是善的。

恐惧的情感本身不可能是善的。

本身不可能是善的。

善的。

——斯宾诺莎《伦理学》第四部

打开桌上的早期佛兰德斯画家的大型画册，看着罗吉尔·凡·德尔·维登（Rogier van der Weyden）的《最后的审判》，忍不住觉得，不仅是维登这位在博讷留下大型祭坛画的巨匠，当时，几乎所有原始主义（primitivism）画家，都热衷于画《圣经》中的最后的审判，难道是因为他们想画男女裸体？无论是画风典雅细致的汉斯·梅姆林（Hans Memling），还是色彩华丽的迪里克·鲍茨（Dieric Bouts），或画下《神秘的羔羊》（*Gents Altaarstuk*）的虔敬的凡·艾克（van Eyck），在他们的画中，都有成群的裸体男女，或者在通往天堂的坡道上，或者正被打下地狱，形象那么鲜活。

我不明白，为什么人们在进入天国或者落入地狱时，必须是裸体？在维登壮观的《最后的审判》里，遵循哥特风格

罗吉尔·凡·德尔·维登《最后的审判》
（局部，博讷祭坛画）。

浮雕的传统，飘浮在空中的彩虹宝座上，端坐着光明耀眼的救世主，大天使米迦勒站在宝座前，手执称量善人与恶人灵魂重量的天平。祭坛画的左右画页上，画满圣人和圣女，他们穿着的袍子长及地面，领子紧包住脖颈。而从地面裂缝中复活爬出的善男和善女，以及抱头鼠窜终被地狱之火吞没的恶男和恶女，全部赤裸着身体。

≪

汉斯·梅姆林《最后的审判》
（局部，德国但泽玛丽亚教会）。

在严肃的《最后的审判》里，大天使米迦勒将人放上天平，称量灵魂之重，裁量一个人该进天堂还是下地狱——莫非，就像我们在洗澡时脱光衣服踩上体重计，眼睛追着晃动的指针看它会走到哪一个刻度一样，之所以要脱光，全身赤裸，是为了正确计量？但是，灵魂这种"非物质"的重量，能和衣服这种东西有关系吗？这点，我还是不明白。

但是从这幅画中我们可以想见，此画公然呈现了人的裸体，但在当时被允许了，不啻是导火索，引发了其后绘画史上情色因素的登场。比如法国画家让·富凯（Jean Fouquet）利用了圣母哺乳幼年耶稣的主题，为的是描画丰满的女性乳房。

最后的审判——世界末日。

我希望，我的梦想从佛兰德斯画派作品集出发，最后能拓展到文明论的大视野里。

接下来，就让我的梦想尽情地飞一会儿吧。

某种野生动物，比如北极圈的旅鼠或西伯利亚的羚羊，当它们繁殖到狭小的栖息范围圈已经挤不下的时候，就会成群结队，开始迁移。它们跋涉山野，越过沙漠，穿过森林，一直走到陆地尽头的海边，一个接一个地从断崖上跃身入海，断送性命。这种无目的的行为就像集体自杀。当这些动物集体移动时，平日拿它们当食物的凶暴虎狼，面对它们惊天动地如怒涛席卷一样的密集行进之势，反而会惊恐害怕，主动让路，落荒而逃，实在令人难以置信。

它们这种不可思议的集体自杀现象，明显违反了个体生存的自然法则。奇妙的求死欲念，毫无遗漏地平均分配到了同种的每一个个体的身上，这在生物学上该如何解释呢？这一点，我还是不明白。难道是适者生存法则下的自然淘汰？抑或单纯出于死的本能？无论怎样，都解释不清，甚至让人觉得是神的安排。我耽读《圣经·启示录》，熟知最后的审判，至少在我眼中，这种灵妙的生物学现象，场面凄厉哀绝，就像最后的审判。

也许，自古以来，"世界的终结"和"最后的审判"的寓意，和一个种族的繁衍与灭绝、一个文明的生成与崩溃等现象，有着极深的关系，这是我的直觉，也是我的一贯主张。

有一次我无意中翻阅剪报簿，偶然看到一篇报道，马上被深深吸引了。这是一篇路透社的报道，简直就像在给我的直觉和主张背书！"美国伊利诺伊大学的费尔斯特教授向《科学》杂志提交论文，他预言人类将在六十六年后的二〇二六年迎来末日。"这位学者对世界人口的增加做了数学计算，得出结论，在二〇二六年时，人类人口将至极限，迫使人类不得不进行自我杀戮。他说，灭绝人类的并不是饥馑、核辐射、疾病或天灾等不可抗因素，而是过度繁衍。

果真如此的话，他所述的人类的恐怖未来，就和我刚才说的旅鼠和羚羊的疯狂命运如出一辙。如果以抽离超越的视线来看，若干年后的人类，难保不会和动物走上同一条路。小动物集体自杀的景象里，隐藏着人类灭绝的雏形图。

"如果有人问我预言的精神是什么，我会这样回答，"约瑟夫·德·迈斯特（Joseph de Maistre）说，"那就是，世上所发生的事，在发生之前，皆有预告，无论预告形式如何。"话虽这么说，这不表示所有被预言的事情，将来都一定会发生。

迈斯特这句话，令人联想起马基雅维利的定言命令。如果此话是真理，那么，我们不妨断言，在所有历史事件中，叫作"世界的终结"的一定是最重要的事件。因为，在人类历史上，再没有什么事，能和"世界的终结"一样，一直在以各种各样的形式被不停地预言。

从古罗马诗人维吉尔的库玛谶语（《牧歌》第四首），到十九世纪激进的天主教作家莱昂·布洛瓦（Léon Bloy）的作品，都出现了无数的关于世界末日的预言。这些，究竟意味了什么呢？

幻视世界末日的精神和期待新世界降临的心情，互为表里。过去我常说，乌托邦和反乌托邦是一体两面，两件事角度不同，说的是同一个道理。若用一句话来概括，D. H. 劳伦斯说，幻视世界末日的"《启示录》就是人类中一种不灭的权力意志及其神圣化、决定性胜利的启示，此外没有其他解释"。由此，在幻视世界末日的精神的根底里，一定盘踞着对世界现状根深蒂固的不满、憎恶和绝望。被逐出天堂的人类，自从认识到这个世界便是自己的居所，就永无宁日地背负上了苦恼和不幸的重荷。证据？就在自古以来的文学作品里。没有哪一部作品，没有深深浸染上暗郁的悲哀之色。或许，哀叹之语、呻吟之声，才是唯一的人类语言。

游吟诗人荷马吟唱着"匍匐于地面的众生，没有比人类更不幸的了"。亚里士多德说过"人的最深切的期盼，是从未诞生在这个世上"。

《圣经·旧约》里，约伯为了耶和华和撒旦，被伤害到全身脓肿溃烂、不成人形，他诅咒自己的出生："愿我生的那日泯灭，……我为何不出母胎而死？为何不出母腹绝气？"（顺带说一句，据说那位有极端厌人癖的作家乔纳森·斯威夫特 [Jonathan Swift] 在自己生日时朗诵过这段《约伯记》呢。）

乔凡尼·德·摩德纳《地狱》（局部），意大利博洛尼亚，圣佩特罗那，1410—1420 年。

罗马诗人卢克莱修（Lu--cretius）在长篇叙事诗《物性论》（De rerum natura）里，细致入微地刻画了伯罗奔尼撒战争时大肆流行于阿提卡地区的黑死病。诗的最后，以满坑满谷的焦黑尸体淹没了众神圣殿作为结尾，令人唏嘘。正如法国作家加缪所说，这显示了卢克莱修悲观厌世的世界观，是他对造物主发出的痛烈讽刺。

任何一个时代，那些反映时代精神的作家的作品，无一不是在抒发生于此世的纠结苦恼、对命运的愤懑，以及无法排解的精神孤独。从但丁、拉伯雷、孟德斯鸠、斯威夫特、萨德等见证时代苦恼的证人的作品中，我们可以马上编织出几篇暗黑的叙事诗。

另外，早期基督教的使徒、教父和中世纪修道士们，他们蔑视现世、否定现世之美和幸福的心态背后，实际上回响着悲叹的旋律，他们悲叹世上一切荣誉终将消亡。如果"丑恶的此生"只是记忆，该被遗忘，那么死亡就是梦寐以求的。或许，这就是宗教的根本吧。尽管如此，在中世纪墓地的装饰上，能看到"上面雕刻着裸体死尸的各种可怕之姿，有的在腐烂，有的干缩，手脚痉挛僵硬，嘴巴裂开，内脏里涌动着蛆虫"。（赫伊津哈《中世纪的秋天》[*The Autumn of the Middle Ages*]）

　　这里需要重申，死亡本来是单纯的生理现象，但用唯物的或世俗猎奇的眼光去看待死亡，并且表现出厌恶和恐怖，是和基督教的本义相矛盾的。从教会一方看，这种死亡观是为了对现世耽于享乐的倾向提出警告，煽动生之不安。总之，就如赫伊津哈所说，人对死亡的恐惧中包含着对现世的无限眷恋，在中世纪，所有的感情要素，都与死之思想的表现紧密交织在一起。

　　概括来说，人们原本期待的是静稳安详的死，但反过来，不得不把死渲染得丑恶阴毒，这正是《启示录》的思想。通过离奇地歪曲、夸张现世的荣耀繁华，在原本应是逃避现实的宗教感情里，藏入欲望的种子，催生出了对现世的隐微欲望和对世俗权力的渴求。这就是《启示录》的思想。

　　实际上，在人的感情中，比苦恼更根深蒂固的，是希望。

在绝望尽头的希望里，隐藏着所有梦想家精神中所特有的那种邪恶的遁词。弥赛亚的信仰，正是这种从绝望与希望的相克中生出的一条逃避之路。

由此，相比起其他梦想，人类几乎花了和历史等长的时间，更加精心地培育"救世主出现在现世"的梦想。这个梦想几乎变成了人类的强迫性思维和既定价值观。即使回溯到历史起源的时代，或甚至更早，都会发现，人类的姿势自古从未改变，始终在现世的苦恼中沉浸挣扎，哀惜失去的幸福，培育不灭的希望。一直浸泡在苦恼的水槽里，希望之花就能永远保持新鲜状态，这就是希望之花永不干枯的秘密所在。

米尔恰·伊利亚德说："与古代地中海一带的伦理相比，基督教非常优秀的一点是，基督教的伦理赋予了'苦恼'一种价值。那就是，将苦恼变成了一种经历，在这个经历过程中，苦恼将从精神上的消极变成积极。当然，我们在这里讨论的苦恼，是作为一个事件、一个历史事实的苦恼，是天地灾殃（旱魃、洪水、暴风雨）、侵略（放火、苦役、屈辱）、社会不公等带来的苦恼。"（《永恒回归的神话》[*Le Mythe de l'éternel retour*]）

随着时代进展，救世主的观念变得越来越明确，救世主究竟何时到来？为了确定时期，人们无所不用其极。有人夜观星象，排列数据，埋头计算。在最古代的印度、伊特鲁里亚①、斯堪的纳维亚等地，都能明确看到这些努力留下的痕迹。

世界上所有地方、所有民族传说的深处，都安放着远古时代天地大变动、大洪水的记忆。地壳变动让地表浮出海面，隆起成大地，天降火与石之雨，甲壳类和三叶虫从沉郁深绿的海底爬上陆地，慢慢适应了比水底更轻的大气压力，脱下了护身铠甲般的沉重甲壳。接下来，新一轮变化周期到来了，似乎看不到尽头的大洪水时代、豪雨时代、冰河时代，接连而来。

人身上深藏着百万年前的物种记忆，新的大洪水不知何时会再次降临，物种记忆一直在人类眼前忽闪明灭，从未消失过。但是人们想象中的最后的终结，毁灭人类的并不是水，而是无边无际延烧开的火焰。水与火，这两种对称的元素，皆具有净化物质的特性，但人类相信它们是大灾难，此结论与其说出自人类的类推，不如说是自然的启示。

"很多民族里都能找到世界末日的神话，"德国神学家布尔特曼（Bultmann）这样写道，"我们可以找到人类毁灭于水、火或其他灾殃的末日神话。这些神话是否全部出自类似的思考？还是自然现象中的毁灭性结局给原始民族留下了'世界末日应当如此'的印象烙印？在这里，让我们且保留这些疑问，不去断言也无妨。西方历史上具有关键重要性的世界末日论，是从'世界诸多事件是周期性循环出现'的概

① 位于现代意大利中部的古代城邦。

念发展而来的。这种思想无疑是基于一种类比性的思考，这里的类比，指的是世界的发展进程和自然的周期性之间的类比。"（《历史和末世论》[*History and Eschatology*]）

就像植物枯萎后重新绽开花朵、新年接着旧岁而来、星辰在周期性运转、四季循环反复一样，时间的流转并非一直向前，而是在周而复始。将一个一个的象形文字当作神圣的现实呈现的古代人，通过观照自然现象和天体运行，直觉地体会出，在天界与下界之间存在着某种平行对应。古代人深入骨髓地相信，宇宙有周期运转，生命会轮回转生。可以说，循环的概念，形成了古代人科学观中最本质的部分。所以，他们的科学观，和他们的神秘主义的世界观，是同一回事。

"永恒回归"或"轮回"的思想认为一切事物终将回归，这种思想的源头，原本是东方的天文学，到了希腊哲学那里，特别是斯多葛学派，将其发扬光大。他们从中发展出了每隔一段时间，宇宙都会毁灭于一场名为"宇宙的大火"（Ekpyrosis）的理论。

"世界为了重生而不得不毁灭，这一刻终将到来。"斯多葛学派的大家塞涅卡（Seneca）这样写道，"等到那时，所有的元素都会因自身重量而落下，星辰互相撞击，所有的物质都在燃烧，现在我们眼前的一切，都会在宇宙大火中燃烧殆尽吧。"西塞罗（Cicero）在《论神性》（*De natura deorum*）中，也提出了相通的见解。

所谓的天地异变，会自动引发对新世界的创造。全宇宙将因一场大火而解消的宇宙火劫论，也承诺会重新诞生出一个永远的、幸福的新世界。这个新世界，将不再受星辰影响，不受时间支配。为什么说世界末日是非来不可的呢？因为现世的凋落和恶化已经如此醒目分明，自然的成长中所有凋零、腐败和灭亡的现象，变成一种思想，人们从中看到的，是人类的堕落和无休止的恶化。

✾

但是，"新世界完全不受时间支配，幸福之时将永远持续下去"的想法，超越了古老的自然循环论，可以说是一种"神话的历史化"。祈求不存在历史的世界，祈求不存在时间的世界，这种祈求本身，就是历史性的志愿和意象，乌托邦的思想也是源于此。之所以这么说，证据是"万物回归（Apocatastasis）"这个词，即希腊语中的"复原"。原本是占星术用语，斯多葛学派经常用这个词，在亚历山大里亚的奥利金之后，在基督教的语法里，这个词就成了末日论的术语。

"年将变短，月将缩小，日将收紧。"说这句话的，是拉克坦提乌斯（Lactantius）。在众多卫道家中，他对世界末日谈论得最多。到了他的时代，"时间是循环进行的"这样的观念早已被舍弃。这样的历史化，之前早在波斯和印度的哲学中就已发生，通过占星学的流行一直扩展到了古罗马。这里也能看到逐渐清晰起来的启示录文学式的特征，"神之裁决，终结了旧世界，但是，这里的终结，已经不能看作是神

所引发的历史性危机，而应该被看作是宇宙毁灭导致的、纯粹超自然的事件"。（布尔特曼）

原本，"世上的一切皆在堕落"是末日世界的特征，这时已经变成了明确的预言。《圣经·旧约》的《但以理书》开篇便是一连串的末日之梦，似乎人们在期待末日的征兆。他们把战争、饥馑、疫病，以及自然界中所有的可怖奇怪现象，都看成了末日的预言。人类道德的堕落和自然界中的混乱无秩序，在这里都串联结合到一起了。

《启示录》！面对大迫害时代的血腥混乱，人们坚信神的国度最终将获得胜利，他们把千禧年的真理用象征性的表述，隐秘地记载进《启示录》中。《启示录》！大迫害时代的复仇之书！

过去，每当西欧文化在晦暗中沉沦，每当历史被蒙昧主义、灾祸、淫荡和虐杀的漩涡吞没，《启示录》就会在人们心中投射下巨大暗影，这本诡谲如不死鸟的政治之书！

究竟，《启示录》是否真的是世界末日之书？

首先应该注意的是，《启示录》作者教化的对象，是当时的广大民众。和拔摩岛的约翰活在同一个时代里的人，都清楚地知道"巴比伦大城的倾倒"意味着什么。这句话当然是一个语言游戏，是古代学者为隐藏思想而常用的暗喻手法。《启示录》诞生于尼禄和图密善的年代，当然需要写

古斯塔夫·多雷为《圣经》所作的插画，图为巴比伦大城的倾倒。

得隐晦。但是，"当所有希望都变成绝望，民众们就被一种黯淡狂热的宗教梦想席卷了"（勒南 [Renan]），他们马上理解了巴比伦大淫妇意指罗马，即使书中掺杂了一篇关于婚姻的诗歌，他们也清醒地知道，这是一本写满了神圣之怒的书。

勒南把《启示录》称为"挑拨叛乱的危险之书"，如果人们选择立场站在罗马帝国和罗马文明的一边，这本书的危险性质一目了然。但是，《启示录》的作者——拔摩岛的约翰，并没有丝毫挑拨叛乱的态度。他只不过是说出自己亲眼所见罢了，只不过在用强烈的措辞口吻，警告世人，神将裁夺。

理论上说，约翰的预言，应该被看作是《新约》和《旧约》的结尾之书，就是说，是一个结论，是一个最后综合，也是一个时代的证言。那个时代，犹太民族经历了长期的殉难，依靠军事力量勉强维持的"大巴比伦"罗马帝国逐渐显露出了崩溃的前兆。在预言者眼中，异教就像年老暴毙的巨大野兽的尸体，正在最后的腐败热气中蠕动。——果真如此的话，《启示录》真的是一本世界末日之书。

话虽如此，当时教会的护教家们的政治立场却相当微妙。虽然圣约翰的呼喊正在民众间回响，但有足够证据表明，当时依赖帝国行政体系的护教人士未必期待罗马早一天没落。或者说，他们害怕帝国会没落。因为他们眼下的敌人是异教主义，而不是罗马帝国的权力。在这种心态下，基督教教会终于和帝国的统治者走到了一起，甚至得到罗马皇帝的公认，这真是相当吊诡的结局。这究竟该看作是宗教的堕落，还是健全的发展，只能说见仁见智。

　　在公元三二〇年，被君士坦丁一世招至宫廷的拉克坦提乌斯推算世界还可以延续二百年。他甚至说，只要罗马帝国还存在，世界的气数就不会尽。话虽如此，他还是流露出不安："世界的首领罗马帝国一旦倾倒，恐怕人类和宇宙也将终结。"

　　拉克坦提乌斯隐约不安的背后，是《启示录》的存在。宣传小册子一样的《启示录》，已野火燎原般地在民众间流传开。拉克坦提乌斯接着写道："罗马虽然统治了现今的世界，但终有一日，罗马的名字也终将消失吧。也许帝国会移到亚细亚，而东方将会再度统治世界，西方将拜倒在东方的脚下。"

　　另外，耶路撒冷主教济利禄（Cyril）则明言："一旦罗马气数终结，反基督就会到来。"而圣哲罗姆（Saint Jerome）看到蛮族入侵罗马，感叹"世界正在分崩瓦解"。更有五世纪时的神学家狄奥多勒（Theodoret）断言："罗马帝国之后的帝国，只能是世界末日到来时的反基督帝国。"

西方教会中最杰出的政治家额我略一世却对终结的预兆极为敏感，并为之终生苦恼。当时已是六世纪末，关于世界末日，他做过以下的训示："世人都明白，末日来临前的大动乱会是什么性质。从空气的变化中，我们能看到末日临近的先兆，战争、天灾、地震、善行的衰微，都清楚地告诉我们，世界正急速迎来终局。"

在写给东罗马帝国皇帝莫里斯的书信中，他提到："终结的时刻要来临了，大火将燃遍天与地，令人畏惧的审判者就要出现。"

事实上，在额我略就任教皇的前一年，公元五八九年九月三十日的半夜，发生了强烈地震，安提阿城被夷为平地，据推测，一夜之间六万多人丧生。同年十一月，意大利河川泛滥，引发大洪水，让半岛一带变成了荒原。

据当时编年史作者的记载，台伯河的浊流将龙和巨蛇冲到河口，龙蛇之尸再次被冲打上海岸，无数尸骸散发出腐烂的恶臭，导致黑死病开始流行。据说，额我略的前任佩拉吉二世，就死于黑死病。

实际上，正如英国历史学家爱德华·吉本所说，当时瘟疫其实源自非洲，动物尸体腐败后产生的病菌被风带到西欧海岸，进而扩散到整个欧洲。连续发生的地震、洪水和疫病"让罗马大平原变成了荒原，土地上不再有庄稼，水源不再清洁，空气中充满病菌，人口锐减，由此，阴郁的悲观论

者们开始翘首盼望人类灭绝之时的临近"。(吉本《罗马帝国衰亡史》)

就这样，时代行进到了公元一千年，世界末日论里最著名的千禧年。一直在末日论中不安度日的人们，此时到达了恐惧的极点。所谓千禧年，是《圣经》中预告的基督降临后的一千年，是世界终结之年，也是反基督开始支配世界之年。正好在这个时候，西欧因蛮族入侵而遍地荒芜，已沦落到贫困的谷底，疫病、战争和饥馑接连发生，各地笼罩在一片黑暗的无政府状态里。

当时，匈人从德意志横扫到意大利，甚至驰骋着劫掠之马席卷过阿基坦①。在当时的神学者看来，这支彪悍而凶残的民族大军，正是《启示录》里的恶魔之军，是撒旦手下的歌革和玛各。另外，著有《五卷史》(*Historiarum*)的本笃会僧侣拉乌尔·格拉贝 (Raoul Glaber)在极端恐惧中产生了幻视，他曾这样记载："圣诞节前夜的礼拜六，天空中出现了一条巨龙。巨龙闪着光亮，自北方而来，向南飞去。这种异象让所有住在高卢以南的人都惊慌失措。"

加尔都西会修士维尔纳 (Werner)在编年史中叙述，公元一千年前后，洛林附近有个泉眼里喷出了鲜血；赫克托·波伊斯 (Hector Boece)在《苏格兰史》(*Historia Gentis Scotorum*)里也提到，在同一时期，英国和法国下了石头雨。虽然这两位是十五世纪人，并没有亲眼见到千禧年时的情

---

① 现在法国西南部，西邻大西洋，南接西班牙。

景，但他们都仔细阅读过古代文书记载。所以这些令人畏惧的异象和天体奇观，即使是幻觉，我们也不妨相信，千禧年时代的人们经历了这些。

❀

　　根据基督教里的"千禧至福说"（Millenarianism），上帝抓到撒旦，将其投入无底黑暗深渊，并在入口封印，禁止他出现在地上。在这期间，复活的圣徒将与基督一起统治千年时间。千年王国的思想，是继承了古犹太教的早期基督教的核心思想。哈纳克（Harnack）指出，基督教的历史剧从这里开始，依序上演了与反基督的争斗、基督再临、最后的审判、荣光的国度在地上实现，最后闭幕。就是说，千年至福期结束后，撒旦就会被解放出来，挑战众圣徒。但是天上会降下火焰，将他们烧得一干二净，撒旦会再度被丢入火与硫磺之池，世上生灵涂炭。之后，死者将从墓中复活，在最后的审判中，被选中的子民将跟着基督一起进入荣光的国度。

　　犹太教的启示文学中，无论是《耶利米书》《以西结书》《但以理书》，还是《诗篇》，都没有明确提到弥赛亚王国会存续多久。但是随着时代变迁，弥赛亚的到来和审判之神出现的时期，渐渐变得明确起来。《以斯拉记》和《塔木德》中说，弥赛亚王国将存续四百年。但是最广为流传的信仰，是千禧至福，也就是"上帝将主宰千年"的信仰。正如哈纳克所说，无论是福音书还是使徒文学，都不曾限定弥赛亚王国的存续时间，而具体明言了的，只有那本显示出东方基督教徒依然深受犹太教影响的奇妙证言之书——《启示录》。

《启示录》的作者，借神之口，向小亚细亚的七个教会发出召唤。而当时的时代背景，正是千禧年思想必然会开花结果的大迫害时代。《启示录》，这本复仇与怨念之书，充满了晦涩的如闪光般强烈的视觉描写，对于满怀期待与不安等候救世主降临的民众来说，无疑起到了火上浇油的效果。救世主已经降临过，并将再度降临，将会审判生者和死者。但救世主降临的时期该怎么算出？世界何时临近末日？反基督何时到来？这些都是问题。

就这样，在二世纪中叶时，出现了关于《启示录》的大论战。古老的犹太千禧年说随着孟他努派的没落而褪色，希腊教会将《启示录》视为灵视者的幻梦，将其排除在正典之外。

虽然亚历山大里亚和拜占庭的神学家们将《启示录》赶出门外，但深受犹太思想影响的古代东方修道院，还迟迟不肯放手。比如埃及的科普特人区、阿拉伯、埃塞俄比亚、亚美尼亚等地，这些孤立的狭小地区趋于传统主义也在所难免，但奇妙的是，在思想交流非常活跃的西方教会里，也出现了与东方修道院一个鼻孔出气的墨守传统主义立场的神学家，德尔图良（Tertullianus）、拉克坦提乌斯、塞佛雷（Sulpicius Severus）等人即是。对他们来说，拔摩岛的约翰无疑是上帝使徒，不应该受到怀疑，正在迫近的基督再度降临，也是毋庸置疑的现实，人们应该殷切期待才是。而《启示录》中的野兽，皇帝尼禄，也会以反基督之姿再度出现。

这些热烈激昂的确信，到了四世纪，随着教会的胜利而慢慢丧失了力量，这也许是受到希腊教父们的影响吧。还是奥古斯丁的思想影响力太过强大了？对奥古斯丁来说，虽然"历史的终结"的思想依然残存，然而天主教会即是千禧王国，千禧年与基督的现形同时开始。如此看来，反叛挑衅的《启示录》，随着教会权威的确立，慢慢失去了毒性。这也是《启示录》的命运。

奥古斯丁之后，"千禧至福"似乎从西方教会的公认训诫中消失了，然而在宗教思想的一些领域里，依然还散发着奇妙的生命力。倡导和平的福音书的爱他主义，和提出警告的《启示录》式的犹太思想之间，尽管存在着明显的矛盾，依旧以相互补充的形式，回应着信徒们的要求。对遭受着苦难和不幸的人来说，《启示录》中令人畏惧的神，是尤其甘美的诱惑。而发生在社会上的不公平和动荡不安，也成为诱发《启示录》思想的种子。现实世界里无法满足的希望与怨恨，磨亮了上帝之名的复仇之剑。人们心怀恐惧的同时，也在等待那一时刻的到来。

就这样，即使被正统信仰冷眼对待，《启示录》依旧紧紧抓住了中世纪民众之心。不仅是《启示录》，《以斯拉记》和《黑马牧人书》也广为流传，在中世纪人嗜虐式的精神生活中，着实起到了莫大的作用。八世纪时，西班牙修道士列瓦纳的贝亚图斯（Beatus）制作了豪华的贝亚图斯注释本，之后，各种关于《启示录》的注解和插图本也陆续出现，可见当时民众的需求有多深，也让我们知道，除了经院哲学，中世纪人还有其他精神生活。那些刻画在羊皮纸和石头上的超自然末日光景，不识字的老百姓是靠视觉印象来理解的。经常幻视看到恶魔的拉乌尔·格拉贝，就是这些被强迫观念附了体的中世纪无名小民中的一个代表吧。

公元一千年，就这样到来了。

不知是幸还是不幸，颇具宿命感的一年，却没有发生任何众所期待的异变。人们放下悬着的心，松了一口气，于是开始捣毁气氛阴郁的老教堂，各个城镇竞相建造起符合新时代精神的雄伟壮丽的罗马式大教堂。中世纪宗教美术出现飞跃，也是公元一千年这恐怖之年过去之后才发生的。

拉乌尔·格拉贝在书中写道："公元一千年过去了，从这年算起的第三年里，到处都在建造宏伟的圣堂，教堂从基石到梁柱全都变了。各地彼此竞争，互相激励要造出最优美最壮观的教堂，全世界的基督教会此时一体同心，抛弃了旧褴褛，换上众多圣堂织成的崭新白衣。"（《五卷史》）

然而，人们对世界末日的妄执并没有消失，依然残留在新建的石质建筑中。去看孔克、欧坦、亚眠、布尔日等地的大教堂的半月形浮雕，就可以知道。这些浮雕上刻着恐惧颤抖着的有罪男女，在被恶魔折磨，在承受热锅刀斧之苦。最后的审判中的令人战栗的光景，就这样成为十二、十三世纪宗教建筑雕刻的绝佳题材。

关于世界末日—世界の終りについて

卢卡奇(Lukács)说:"世界没落的幻想,也就是文化没落的幻想,通常是对于某阶级没落的预感所放大的一种唯心主义形式。"看到这里,我们马上会想起斯宾格勒(Spengler)。确实,就如布尔特曼所说,人们期待的世纪末日并未到来,"人之子"并没有乘着云彩从天而现,在历史前进的脚步中,末日论成了历史现象。

但这个问题最让我感兴趣的，是人类只有不断被现实背叛，才能孕育出真正强大的精神文化。世界末日越是被推向没有边际的另一端，人们反而会更感兴趣。末日论成了一个悖论，成了一个永远的命题。

波德莱尔说:"世界末日正在接近,这个世界还得以存续的唯一理由,除存在以外,没有别的了。"

十九世纪末,"对进步的信仰"取代基督教目的论,成为普遍性的世界观,对末日论的世俗化来说,这是最大的讽刺了吧。

再一次翻开佛兰德斯画派的画册，鲍茨笔下落入地狱的女人的苍白裸体，深深映入了我的眼帘。

/ 关于中世纪的
情色主义 /

中世纪这个时代，乍看之下，似乎是个人性自由被极端阻碍、看不见丝毫情色火星的时代。但真的是这样吗？

情色主义（Eroticism）抽离于动物本能，"升华到极限，就会产生一种紧张状态，这种内在的战栗，对精神性创造来说，无疑是极佳动力"。果真如此的话，那么我们可以很容易地想象到，在中世纪里，肉体和精神之间的对立极其尖锐。在这样的背景下，情色主义若是燃烧起来，就简直烈焰腾空。巴塔耶说过，丢勒、克拉纳赫（Cranach）、汉斯·巴尔东（Hans Baldung）等画家，他们诞生在禁欲的宗教暗黑之夜，"他们作品中的情色程度，甚至有种悲伤的感觉，因为他们所在的世界，不允许自由自在地表达自我，所以，就有一种耀眼而炽热的光，出现在他们的作品上"。（《爱神之泪》）

正因为被抑制，所以情色才发出痉挛般的、白热的光芒，延烧势不可挡。基督教有多盛行，情色主义的火焰就有多炽烈。

这不是什么矛盾定律。譬如，中世纪异端之一的卡特里派，他们信奉最严格最极端的禁欲主义，将男女之间的肉体接触和生育行为视为罪恶，加以排斥，即使是夫妻之间也不可以。举极端例子来说，他们会切断自己的生殖器，用绝食的方式自发求死。而另一方面，同样是卡特里派，他们近似肉欲般地崇拜圣母马利亚,崇拜处女,那种昂扬的气氛,堪比秘教的地下仪式。

如果站在中世纪特有的情色辩证法的基础上看待这些事实,禁欲和肉欲并不矛盾,可以同时成立,或者用"一体两面"来形容,才更恰当。

不仅基督教如此,人类自古以来似乎就知道,无论是性享乐,还是禁欲主义,都直接影响个人的人格。就是说,极端的禁欲或极端的肉欲欢宴,都是一种方式,为的是催发出灵魂的昂扬状态。

当然不是所有欢宴都和肉欲有关,但其目的是一致的,都是为了主动让肉体变得疲劳困顿,这样,神秘的精神上的启发才好乘虚而入。法国诗人兰波所说的"所有感觉的组织性错乱",讲的就是这回事吧。人为地消磨肉体——无论借由绝食,还是狂舞,抑或性享乐和药物,所呈现的结果都一样,只是手段不同罢了。

肉体的消磨导致意识极端无力,这样一来,就无法抵抗外部压力的大举入侵,由此,自己的灵魂被强行推挤在外。这个强大的外部压力,就是被公认为"神圣"的力量,渴望得到启示的个人,或多或少都会借助这种方式让自己脱离本体,从而达到"忘我"(Ecstasy)的迷幻狂喜状态。

在亚洲宗教或日本古代的佛教中,也能找到类似的极

»
»
也叫木食戒。断掉肉食
和熟食，只以坚果和野
草为食。

端禁欲主义的例子（断五谷、断十谷之类的木食 修行，以及入定即身成佛的寂灭思想，等等）。此时，我脑海中浮现出稻垣足穗的样子——断食数日后，他全身浸泡在热水里，精神变得朦胧恍惚后终于从浴盆中爬出，他轻轻拭去身上的水迹，突然之间，就像天降一道闪电，此前他从未想到过的"圣者"的概念，此刻在他脑中骤然闪亮了。（《白昼见》）这种肉体衰弱后进入神圣的忘我状态的体验，不用抬出让·热内的例子，在二十世纪的都市生活中也足有可能发生，稻垣足穗就是力证。

接下来，我想引用十世纪修道士克吕尼的沃度（Odo of Cluny）的话，当我思考禁欲的中世纪时，常常想起这一段。沃度是蔑视肉体思想的极端典型，在我听起来，他的禁欲谈反而带着一种诗意的情色意味，他说："肉体的美感仅仅是皮相，如果我们把那一层皮剥掉，直接看进身体内部，就像内脏透明的维奥蒂亚的山猫 ，无论谁对女人都会嫌恶欲呕吧。女人们的美貌是由黏液、血液、水分和胆汁组成的，你好好想一想，她的鼻孔、喉咙深处和肚腹中都有什么，只有污秽而已，既是如此，我们对黏液和屎尿连一根手指都不愿碰，为什么想与这粪便的容器相拥呢？"（赫伊津哈《中世纪的秋天》）

»
»
»
中世纪人相信山猫有
透视能力，故常拿此词
指代看穿表象。此处作
者误，见本书后记。

能看见内脏的维奥蒂亚的山猫，是种世上罕见的猫，世上真的有此猫吗？我不是动物学者，所以无从知道。总之，这段话给了我们一个苛刻的中世纪情色理论的大前提，那就是通过轻贱肉体，到达爱的极限。从这个大前提出发，究竟能推导出什么结论，恐怕就不是我们能轻易想象得出的了。

不过，最能显示中世纪情色主义的矛盾性或双重性格的，应该是他们将恶魔的概念和圣母马利亚的概念，全部用女性形象来表现。长久以来，教会犹豫着要不要承认女性也有灵魂，另一方面，他们将纯洁的耶稣之母摆上祭坛，用马利亚取代了古代的母神崇拜和伊西斯女神崇拜。某种意义上说，教会这么做，是公然犯了自相矛盾的逻辑错误。

十一世纪的罗马教皇额我略七世，相信女性是种诱惑手段，是恶魔的左近。托马斯·阿奎那认为，在女性身上，有魔鬼带给人间的败德和贪欲，所以"败德"本质上是女性的专擅。十五世纪的雅各布·施普伦格（Jacob Sprenger）在《女巫之锤》（Malleus Maleficarum）中曾得意扬扬地写道："女人的肉欲比男人更强烈，自上帝从亚当胸前取下一根弯曲的肋骨，创造了女人的祖先夏娃以来，便一直如此。所以女人是不完整的动物，比起男人，女人更容易陷入魔鬼的诱惑。"他们认为，诱惑是罪的开端，诱惑只来自女性。那时，不仅修道士被迫独身，而且，在性别的压迫和基督教独创的"罪"的概念之上，形成了一种肉欲的形而上学。"我们的宗教以外的其他任何宗教，任何哲学流派，都没有教导过人们，'人是从罪恶中诞生的'。"帕斯卡尔这句简短的话，让我们看见了修道院里死气沉沉的生活和道德戒律，看到了闪现在阴郁里那扭曲痉挛的情色磷光。

≪
魔鬼与女人，为马丁·松高尔之作《冥府降下》的局部，法国科尔玛，菩提树下美术馆。

以奥古斯丁为代表的早期教父们的性道德，一味赞扬禁欲主义，他们将夫妻间的性行为和卖淫等而视之，通过混同两者的概念，发展出了否定肉体的观点。

由此，肉体否定论衍生出恐怖的压抑，反而诱发了"阴暗的欢愉"式的情色主义。罗马式修道院美术中的女性形象和恶魔形象，可以原封不动地拿来当作时代精神分析的好对象。

在十一世纪到十二世纪修道院的石刻美术里，我们可以看到，视女性和恶魔为同类的圣职者的压抑的施虐性欲，变成粗糙而丑恶的具体纹样，绽放出了妖魅的毒花。当时那些修道院的雕刻家们，像是被世界末日和坠入地狱的概念附了体，满脑子装的都是怪异图像：跟随最后的审判的号角一起出现的《启示录》中的怪兽、被爬虫类咬掉乳房和外阴的淫荡之女。至今，在法国穆瓦萨克和夏路里等处的修道院石头上，仍能鲜明地看到被毒蛇和蛙咬噬而痛苦得前仆后仰的女性形象。

教会的理性主义者圣伯尔纳铎（十二世纪初）说道："这个美与丑恶混合在一起的奇怪野兽，究竟意味着什么呢？这个多头怪物，这一个脑袋两个身子的怪物，在教堂里能起什么作用呢？"他如此抨击罗马式装饰中的《启示录》式的猥亵和情色主义，不是没有道理的。

接下来，想征服世界的基督教首先要攻击的，便是裸体。无论罗马式教堂的装饰如何猥亵色情，到中世纪末壮观的《最后的审判》图为止，撇开接受严罚的罪恶之女和淫荡之女的丑恶肉体外，在中世纪美术史上，几乎找不到健康的女性裸体形象，裸体无论如何都是禁忌。别忘了还有德尔图良，他写下《论羞耻心》和《论女性的贞洁》，认为当时的三世纪充满了异教的污秽和猖狂，对此他要做沉默有力的对抗。实际上，德尔图良写作的时代，正是卡拉卡拉（Caracalla）和埃拉伽巴路斯（Heliogabalus）支配下的穷奢极欲的时代，是罗马帝国从根基上发生动摇的无秩序时代。他嘲笑异教徒说："所有的东西在我们（基督教徒）这里都是共享的，只有妻子除外。而你们（异教徒）只有妻子才共享。"从这句话中我们也能看到他的主张。

奥古斯丁认为，如果婚姻中的性交是为了繁衍后代，就不构成罪恶。但就算是在婚姻状态下，德行之人也该清心寡欲。色欲是可耻的，因为色欲与意志独立，这便构成了禁欲主义者奥古斯丁厌恶性的动机。

从这些早期的拉丁教父们，到十三世纪托马斯·阿奎那的严格主义，他们的态度是一贯不变的。阿奎那在其著作《神学大全》中断言："婚姻行为中主要是情欲在发生作用，因此这是大罪。"然而，他同时又认为，性交是自然而然发生的，所以并非所有这一切都是罪。但是如果把结婚和禁欲两种状态同论为善的话，就会陷入约维尼亚努斯（Jovinianus）的异端主义了。

而圣保罗认为，应该在福音书宣扬的理想和现实生活之间取得平衡，他承认人有选择婚姻或禁欲生活的自由。他自己虽然选择了独身，但他当上主教的弟子们是结了婚的。保罗写道："论到你们信上所提的事，我说男不近女倒好。但要免淫乱的事，男子当各有自己的妻子，女子也当

235

关于世界末日 | 世界の終りについて

各有自己的丈夫。……夫妻不可彼此亏负，除非两相情愿，暂时分房，为要专心祷告方便；以后仍要同房，免得撒但趁着你们情不自禁引诱你们。"

一直到十世纪前后，当道的还是相对宽容的道德。六世纪的拜占庭皇帝查士丁尼一世废除了禁止贵族子弟与娼妓女伶结婚的法令。他自己也迎娶了出生于塞浦路斯岛的女伶狄奥多拉。

就这样，时代不同，道德戒律也在宽容和严格之间反复摇摆，摇摆震荡逐渐变大，终于在十一世纪后的西欧世界里，到达了严格主义的顶点。中世纪真正称得上是禁欲主义和经院哲学的中世纪，是十一世纪以后的事。

利奥九世宣告，非童贞的圣职者都是异端。额我略七世则坚决主张修道士应该终生独身，甚至煽动各方民众发起暴动反对修道士的婚姻，并呼吁众人不要参加和女人共同生活的修道士所主持的弥撒。

就这样，女人变成了罪恶的主体。在新时代神学者的眼中，性的泛滥皆因撒旦在作祟。正是在这个时候，对罪恶的恐惧，变成了甘愿冒险的快乐，魔鬼教唆的"阴暗的欢愉"，就像生长在潮湿暗角的隐花植物一样四处蔓延。法国作家于斯曼认为这些是"在倾听忏悔的神父手册中早就预见到的亵圣想法，是对圣水和圣油的可耻而不洁的滥用"。（《逆流》[À rebours]）这下，基督教从自己的规则中衍生出了新的罪。

在中世纪,"撒拉逊人"指信奉伊斯兰教的民族,例如阿拉伯人等。

《

《

《

　　公元一千年正是千禧至福说中认为的世界末日之年,俗称"千禧年的恐怖",民众心中充满了对末日的畏惧,无论是宗教史还是美术史,这一年都被认为是西欧文明的转机之年。世人本以为维京海盗和撒拉逊人的劫掠已经结束,没想到接踵而来的是猖獗的黑死病、饥馑和屠杀,仿佛在预告世界末日正在逼近,欧洲沉陷于晦暝之中。法国诗人布勒东写道:"恐怖支配下的千禧年混乱期结束后,基督教会的上层决定,暂且对魔鬼宇宙的存在睁一只眼闭一只眼。"(《魔幻艺术》[*L'Art magique*])

　　十世纪以后,令人恐慌的现象以惊人之势迅速蔓延。从未听说过的新怪物和女妖巫术就像魔鬼代言人一样陆续登场。宗教裁判所代表的正统教会的权威,开始大规模活动。女人的心性扭曲不诚实,必须加以拷问纠正——这就是"女巫审判"的冠冕堂皇的理由。

　　女人经受不住刑讯拷打,开始一五一十地交代起和魔鬼媾和的情景。鲜血淋漓的兽奸、与魔王不洁的接吻、模仿领受圣体的淫行,等等。越是没有性经验的女人,交代得越是详尽,不得不说是怪事。

　　几个女巫审判官整理了这些牺牲者的交代书,打下了恶魔学(demonology)的基础。他们认为,雀斑和黑痣是和魔鬼的不洁接触的结果。古代迷信里的梦淫男魔(Incubus)和梦淫女妖(Succubus)再度复活,换穿上了基督教义里的罪人衣裳。托马斯、大阿尔伯特、教皇英诺森八世都坚信魔鬼和女巫真的存在。多明我会修道士施普伦格和克雷默(Kramer)合写的《女巫之锤》,被称为宗教裁判所的圣典,一直到文艺复兴时期，在欧洲各地广为流传。

西欧文明的漫长历史中，这个时期应是女性遭受蔑视、饱尝耻辱的最黑暗低谷。就如意大利的人类学者曼泰加扎（Mantegazza）所说，中世纪的精神是"只把女人当作发情的动物"，女人成了男人情欲的代罪者。在当时的宗教会议决议书里，女性是"诱惑者""伊甸园以来一直的罪人""容易犯错的人""引诱男人犯罪的人""毒蝎之针"，是"通往败德之路"，也是"作恶的性别"。简而言之，女性容易施展巫术，是不祥的存在。

巫术原本就不是合理的事物，也没有宗教的救赎作用，所以无法完全解密其根本。如果把巫术看作是社会现象，至少可以从以下两个侧面稍作了解。也就是说，这个纯粹基督教式的、西欧式的现象，只能被解释为社会危机的呈露。无论哪个国家，一旦爆发经济危机或社会不幸事件（宗教叛乱、蛮族入侵、农民暴动、传染病、饥馑，等等），巫术必定会流行。另一个切入点是，从性爱学和生物学的观点看，否定肉体的道德论在几千年中慢慢巩固了支配权，也直接催生出了对立论，有压抑便有萌生，结果当然会出现反抗的征兆。这些对立和反抗，以魔鬼附体、歇斯底里、神经衰弱等扭曲的形式爆发出来，是不足为奇的事。

《《
淫荡之罪，取自穆瓦萨克圣彼得教堂浮雕。

接下来，我们来谈谈异端各派的性爱原理。

从年代学的角度看，亚当和夏娃的诱惑是诱惑之本，远早于后世各种诱惑论，其中有和炼金术士或巫师的诱惑呼应之处。也就是说，对在实验室里苦心思索的术士们来说，他们的诱惑与夏娃的苹果一样，是对智慧的渴望，是获取造物之神的权力的诱惑。

诺斯替主义里有一派，甚至认为人有能力通过智慧（索菲亚），接近宇宙的奥秘，与上帝同等，实现小规模的创造。诸如此类，包括犹太教的神秘学派卡巴拉、摩尼教，广义的诺斯替主义，以及汲取了以上源流养分的中世纪基督教异端各派（卡特里派、波格米勒派 *、瓦勒度派 *），从以上这些教派中能看到极端重视知识的倾向。对他们来说，知识才是力量。这些教派中还出现过将衔尾蛇装饰在十字架上取代耶稣的图徽，足以说明这种倾向。

咬住自己的尾巴呈现出圆形的衔尾蛇，是炼金术的象征，意喻金属的变化和生成。崇拜此蛇的，是诺斯替教派中的一支——俄斐特派，亦称拜蛇教。有意思的是，在俄斐特派的教义里，神无知、傲慢而善妒，是神把世界创造得不够完美，与夏娃共谋，企图让人类堕落。幸好有化身为蛇的索菲亚（智慧），教导人去吃智慧树上的果实。违背了神的意志的女人，讽刺地成了男人的同犯。神为了让人类永远沦落于无知，禁止人们吃智慧的果实，多亏有蛇，人才获得了智慧，拥有了挑战残酷之神的能力。

从以上的叙述中，很容易窥见情色主义和女性崇拜的

* 10 世纪前半叶兴起于马其顿的教派，否定一切社会制度、教会和礼仪，推行彻底的禁欲主义和善恶二元论。

《

《

兴起于法国的教派，主张以清贫为美德。

苗头。尤其是早期诺斯替教派的主张里能看到神秘的情色主义，而炼金术士之间则存在女性崇拜。女性就像夏娃，是一种煽动者、男人的同犯、自然的象征。炼金术士追寻着女性（自然）的足迹，逐渐走向完成。他们将太阳和月亮视为两性的原型，常常以隐喻的手法表达两性的结合。在古老的魔法书中，炼金术实验中使用的炉火和蒸馏瓶，被视为女性子宫的象征。就这样，汲取了诺斯替主义营养的象征主义哲学，完全被情色主义的二元论，即两性结合原理支配了。灵魂与精神的统一、男性要素和女性要素的统一，比什么都重要。——这正与蔑视女性、无视女性对社会的支撑、排斥情欲、将自然本性视为邪恶加以否定的正统基督教思想，形成了对照。

有可信的证据表明，面对拜蛇教徒这样的崇拜女性的异端，正统基督教会的上层从最开始就想出手镇压。在《哥林多前书》中，当时最顽固的宣道家保罗说："妇女在会中要闭口不言，像在圣徒的众教会一样，因为不准她们说话。她们总要顺服，正如律法所说的。她们若要学什么，可以在家里问自己的丈夫，因为妇女在会中说话原是可耻的。"另外，他还主张："男人本不该蒙着头，因为他是神的形像和荣耀，但女人是男人的荣耀。起初，男人不是由女人而出，女人乃是由男人而出。并且男人不是为女人造的，女人乃为男人造的。"

一元论当道，混沌的二元论企图抗争，理所当然，抗争一方要受到怀疑猜忌。早期基督教历史，是研究"权力生态学"的好标本。

被十字军屠杀而灭亡的十三世纪的异端中，最大派别是卡特里派，我对这一派非常感兴趣。卡特里派是"二元论者，和诺斯替主义相似，把《圣经·旧约》中的耶和华看作是邪恶的造物主，认为真正的上帝只启示于《圣经·新约》中。另外，他们认为物质的本质是邪恶的，所以相信有德之人的肉体不会复活，但是邪恶之人可以在各种动物的肉体上轮回。因为这个理由，他们是素食主义者，甚至不吃鸡蛋、奶酪和牛奶。他们相信鱼是无性繁殖，所以愿意吃鱼。所有的性交涉都应该避讳，有的人主张婚姻比奸淫更加邪恶，因为婚姻是连续的自我满足。另一方面，他们对自杀没有任何异议"。（罗素《西方哲学史》）

　　我对这种以极端对抗极端的思想非常感兴趣。卡特里派排斥正式婚姻，称扬处女崇拜带来的官能兴奋，沉溺放荡和群交，在十三世纪时就备受非难，如今看来也是在所难免。德尼·德·鲁日蒙（Denis de Rougemont）说："颂扬纯洁几乎必然会招致淫乱放荡。很多人都非难吟游诗人（卡特里派的热烈支持者）的淫荡，我们再来想一想诺斯替教派吧。虽然诺斯替教派把生殖行为，尤其是性魅力视为罪恶，但同时也从罪恶感中演绎出了奇妙的放浪形骸的伦理。比如卡珀克雷特派，一面禁止生育，一面将精液视为神圣之物。"（《爱情与西方》[*L'Amour et l'Occident*]）虞格仁（Nygren）也明确指出，从诺斯替主义的根本原理里，衍生出了两个截然相反的伦理方向——禁欲主义和道德无用论。（《圣爱与爱欲》[*Agape and Eros*]）

　　极端厌世主义的卡特里派，将地上所有物质视为撒旦的王国，由此超越了感官世界，在灵界和彼岸的层面驱走了所有的地狱。在这一点上，卡特里派在某种意义上远比基督教徒更加乐观积极。他们认为，世界末日到来，所有灵魂经历无数试炼之后，即使是被魔鬼诱惑的罪人也将无一例外地得到拯救，二元对立消解，一切的光明将冲破黑暗。这是真正的一元论末日观，堪称雄壮豪迈、魅力无穷。难怪那位主张绝对一元论行动哲学的超现实主义派作家安德烈·布勒东也倾心于此，不是没有道理。

顺带一提，十八世纪的萨德侯爵是普罗旺斯名门出身，自称吟游诗人的后裔，用不着等天主教评论家克罗索夫斯基（Klossowki）告诉我们，要从萨德侯爵身上看出卡特里派倒错的纯洁思想，简直易如反掌。

"欢愉是宿命，"鲁日蒙写道，"如果所有放荡都来自精神，那么不放荡的话，又怎能超脱对象（欲望和肉体）呢？萨德侯爵通过狂乱发现的丰饶的肉欲，那么冷酷，又充满理性，又有什么能与之相比？欢愉之处，必然伴随苦恼，而苦恼，正是赎罪的印记。人经由恶，而至净化。行恶吧！让罪恶积累！直到最后的魅力也消失殆尽！这样一来，也没有选择禁欲的余地了。在狂乱的辩证法中，萨德浑然忘我。"

就像在基督教的严格信仰背后，暧昧的异端诸派教义卷起了混沌的漩涡；就像在中世纪概括性的肉体否定论的背后，奇怪而倒错的女性崇拜和晦暗神秘的情色主义在暗夜中闪烁着点点磷光。历史的隐微间，总有一些什么在明灭闪亮。我有奇怪的癖好，喜欢从古旧的神学、魔法、哲学、思想史和美术史的书页之间，耐心捡拾，收集起这些小小光亮。如果你们觉得太过繁琐，读者们，请宽恕我吧。

关于世界末日 | 世界の終りについて

日文原版后记

本书收录的四篇文章，各自写于不同时期，并且在付梓前，有过大幅改笔，与最初相比堪称面目一新。现在，当我再次阅读，自己也感觉到，这些文章贯穿着几个共同主题。

　　其中之一，就是人的变形（Metamorphosis）问题。

　　皮科·德拉·米兰多拉说："人的小宇宙，是由动物的感觉、植物的魂魄和天使的知性凝聚而成的。"确实，人处于自然和精神之间的暧昧境界里，可以说人有变形的可能性，上至天使，下至动物，人能变形成为所有的存在。我在本书中，写到了机关人偶、畸形、怪物、荷姆克鲁斯、雌雄双性体，还有天使，这些形象，都是人所做的"超越身为人类的局限"的永恒之梦的具象。纯洁高尚的瓦莱里先生说："没有想过要成为神的人，不配为人。"但是我经常感觉自己在被拉扯撕裂成两个方向，一方朝向天使，一方朝向动物。我爱自然，我想成为动物，我想把自己融化进"动物"这个大概念里。同时，我也向往精神性，想成为天使，想让双足离开大地。所谓的"人性"，在我看来，不过是一个空虚的刻板概念。

　　形而上学？那种玩意儿，交给仆人去办就好了！

第二个主题，和最初的主题有密切关系，应该称其为"意象的形态学"。

赫伊津哈明确指出："形象化的过程里诞生了概念。"根据视觉所见的形象进行思考，是我从小就喜欢的思考方式。我甚至觉得，如果用其他方式，我根本没办法去陈述表达。用感性表达知性，用肉体表现精神性——这是我的表达观，是我的道德准则。

但是，正因为我太过于执着这种表达方式，又偏好收集某种意象的原型，所以近来快成了神经质的收集狂。因此当我读到荣格、加斯东·巴什拉、巴特鲁萨伊蒂斯等意象主义大家的著作时，会被感动得身心震颤。日本也有这样的意象主义者，比如大家都知道的明治时代的博物学者南方熊楠、昭和时代的诗人稻垣足穗。

我在四篇文章中，执拗地叙述了圆形的、球形的、对称的东西，以及大宇宙、小宇宙等炼金术中的意象，还谈到了贝壳、玩具和性的话题。对我来说，情色主义的问题、性学和末日论，都可以解释成一种观念的圆形运动。这些原本抽象的观念经过类比，变得具象可见，让我感觉非常愉快。

❈

友人评价我写作热情的根源是幼稚症（infantilism），

我在六十年代出版的作品里，个人最喜欢的是这本《梦的宇宙志》。通过写这本书，我找到了自己的随笔风格。这本之后，我在七十年代以同样的风格写了《胡桃中的世界》和《思考的纹章学》，算是写出了一个系列。对我来说，是最有感情的一个系列。

在初版后记中，我谈到了书中的几个主题，比如人的变形、意象的形态学等，我写道："形而上学？那种玩意儿，交给仆人去办就好了！"这是我借用了利尔－亚当伯爵的信仰宣言，并戏谑恶搞了一下，为的是阐明我的思考方式，比起形而上学，我更偏爱直接的意象。

我在书中写到"内脏透明的维奥蒂亚的山猫"，其实这是我犯下的拙劣翻译错误，正确说法应该是"能一眼看穿五脏肺腑的维奥蒂亚的山猫"。我特意保留了这个错误，就让它原封不动吧。关于这种奇妙的猫，我在《幻想博物馆》里写得更详细，欢迎感兴趣的读者去参考阅读。

我第一次去京都的桃山拜访稻垣足穗先生，是在昭和三十五年（一九六〇年）。四年之后的这本《梦的宇宙志》是献给稻垣的。当时政治时局不稳，无论甲乙丙丁，人人都忙于尖锐的政治辩论。安居在桃山寓所里的稻垣先生，稳如泰山不动，呼吸中似有永恒，给了我莫大安慰。所以我将先生称为"魔道先达"。

　　本书中的四个篇章，最初刊登在现代思潮社的《白夜评论》、饭塚书店的《现代诗》等杂志上，后经大幅改笔，在一九六四年交付美术出版社刊行，并收录在一九七〇年桃源社出版的《涩泽龙彦集成》的第四卷中。

一九八四年八月

涩泽龙彦

文库版后记

就像酷爱采集昆虫的小孩。说不定，我从骨子里是"游戏的人"（homo ludens）。

闲话少说，我想将这本妄称《梦的宇宙志》的贫瘠之作，斗胆献给我国宇宙文学和魔道的唯一先达——稻垣足穗。几年前，我在京都见到先生，他魅力难言的健谈口才，让我至今难忘。

※

四篇文章中第一篇《玩具篇》，最早刊载在《现代诗》杂志（一九六三年三月及四月号），后有过修改。《天使篇》《关于雌雄双性体》和《关于世界末日》三篇，脱胎于连载在《白夜评论》（一九六二年六月至十二月）杂志上的《情色主义断章》。

本书原本预定由现代思潮社出版，因为诸般缘故，最后交给了美术出版社。本书从图版选择到繁琐的版面编排，都劳编辑部的云野良平先生费心，对我的意愿，他心思缜密地考虑到了各个环节，在此表达深厚谢意。

一九六四年四月
涩泽龙彦